尤墨书坊

于明诠／著

李兆虬／主编

山东城市出版传媒集团·济南出版社

图书在版编目（C I P）数据

自以为是 / 于明诠著 . -- 济南 : 济南出版社 , 2018.1
（尤墨书坊）（2019.5 重印）
ISBN 978-7-5488-3034-4

Ⅰ . ① 自… Ⅱ . ① 于… Ⅲ . ① 随笔 - 作品集 - 中国 - 当代 Ⅳ . ① I267.1

中国版本图书馆 CIP 数据核字（2018）第 021059 号

自以为是　于明诠 / 著

出 版 人　崔　刚
总体策划 · 责任编辑 · 装帧设计　戴梅海

出版发行　济南出版社
地　　址　济南市二环南路 1 号 250002
网　　址　www. jnpub. com
电　　话　0531- 86131726
传　　真　0531- 86131709
经　　销　各地新华书店

印　　刷　济南龙玺印刷有限公司
成品尺寸　150×230 毫米　16 开
印　　张　7
字　　数　76 千
版　　次　2019 年 5 月第 1 版第 2 次印刷
印　　数　5001 - 10000 册
定　　价　49.00 元

发行电话　0531 - 86131730 / 86131731 / 86116641
传　　真　0531 - 86922073

于明诠　现为山东艺术学院教授，山东省高校重点学科首席专家。系中国书协行书委员会委员，中国书法院研究员，山东书协副主席，沧浪书社社员。多次参加全国书法展览并获全国六、七、八届中青展一等奖，三届兰亭奖教育二等奖；发表书论、诗文多篇；出版《我在乎书法里边有意思的那点意思》《单衣试酒》（诗集）、《闭上眼睛看》《书在哪，法是个啥》《是与不是之间》《墓志十讲》《历代书艺珍赏·金农》（台湾）等论著、教材、作品集二十余种。

自　序

自以为是地认为，自以为是是自己最想要的状态。啧啧。

然而，往往不能痛痛快快地做到，却常常扭扭捏捏地自以为非。生活中如此无奈，就不想写写画画码字为文时还如此。喔喔。

于是铺开一张宣纸，或摆下一叠稿纸，做一做纸上皇帝，当一当砚边散人。哟哟。

选几篇旧稿辑成一本小册子，编辑先生说，取个书名吧。就偷个懒，借用其中一篇文字的题目，便《自以为是》。嗯嗯。

丁酉惊蛰·济南

目　录

辑一　嗯嗯

说 话

诗文书画刻印等事体，古称“闲趣”“雕虫”，江湖上亦称“玩意儿”，今则通称“艺术”。然“艺术”者何？见仁见智不易论说清楚。因其不易，便众说纷纭，便模糊朦胧，便深奥玄秘。

其实，“艺术”无非就是艺术家“说话”。说话，寻常普通，何来深奥玄秘？

贡布里希说，生活中本来就没有艺术这回事，只有艺术家。为什么？艺术是艺术家的“说话”，先有艺术家才有艺术家的“说话”。艺术家不“说话”了，就不再是艺术家；艺术家若都不说话了，生活中也就没有了“艺术”这回事；艺术家说别人的话，说假话，说胡话，说不知所云的话，就是伪艺术家。当下，伪艺术家“说话”，也能糊弄群氓兴风作浪，但最终往往不教人待见，艺术史尤其不会待见。

说话，怀特海称为“表达”，教科书则称为“创作”。

说话，可以方言土语，也可以官话洋话；可以口若悬河，也可以沉默是金；可以眼耳鼻舌身意眉飞色舞，也可以终日面壁打坐呆若木鸡。

说话，可以“说”给耳朵，也可以“说”给眼睛；可以“说”给别人，也可以“说”给自己。甚至，“说”给空旷

的宇宙和遥远的未来。也许，只是想说，必须要说，不得不说。说给谁呢，说给虚空。

说话，最终是“心”在说，甚至是“不说”在说。

有的人也许永远说不好，若有了“话”，则不得不说；有的人也许看起来总能说得好，但没有“话”，说了往往等于没有说。

是故，书画家们要紧做的事，就是用那些笔墨点画说说自己的“话”，说说自己心里的“话”，说说自己心里真诚的憋不住了的“话”。而已。

说戏画

初见关良的戏画，觉得不怎么样。造型不准，太丑；颜色不美，太直艳；技法不高，像儿童蜡笔画，没啥难度。仔细瞅瞅，又觉出这画中人物的身架、眉眼处处透着“可爱”，就是这点“可爱”，让我虽不佩服他，却牢牢地记住了他，一“记”三十多年。

今天再看关良，这“可爱”陡然丰厚起来。面对他的画，有一种酣厚饱满的气流直塞眼眶，忍不住地疼。那种感觉，仿佛吃四川火锅，越麻辣越想吃，有瘾。关良早年留学海外，受过严格的专业训练，自然是很“会”画画的。后来洗尽铅华，专事国画戏曲人物。大半生坎坷，借舞台上的“戏”来浇心中块垒，是一种精神与灵魂的“回归”。这时的大巧若拙，不是风格，其实是资格。

韩羽空灵、闲逸、曼妙，稚态幽默。他似乎更愿意用细细软软的线条轻盈地刻画自己的“心事”。着色呢，有时淡淡一抹，有时则浓墨（或浓红，或浓绿，或浓紫）破锋干擦。若说关良画的是戏的拙趣、拙劲儿，要的是戏“魂儿”，那么，韩羽的笔墨则全在一个淡淡的“趣”字上。这“趣”里，既有文人墨客的诙谐，也有山野村夫的狡黠。

关韩二位，把画家习惯炫耀的“技术”，全摘除干净

关良 戏画

韩羽 戏画

高马得 戏画

聂干因 戏曲脸谱

丁衍庸 戏曲人物

了。一位由“拙”生“趣”，剔剜着画里画外的“魂儿”；一位由“稚”成“趣”，酝酿着是戏非戏的“味儿”。

林风眠与丁衍庸的绘画经历大致与关良相仿佛，创作路数却大不相同。林丁二位用点线构图对热热闹闹的戏曲画面做了理性的“冷”处理，从戏里到戏外，全部符号化了，追求的是抽象美。不同的是，林画的是西式符号，冷幽，荒寂；丁画的是中式符号，简易，洒脱。

高马得是又一位画戏能手，作品量大题广。与以上诸家相比，专意在“戏”里下功夫，有点像舞台速写，气局也稍嫌局促。

丁立人的戏画最具泥土味儿，最接地气儿。自年轻时就迷恋汉画像石、民间年画、纸扎艺术以及江南的灶头绘画等，他的画里“戏”怎样演怎样唱其实无甚要紧，要紧的是他把来自民间最原始最朴实的原材料统统装在他的“画”里，任由它酝酿生发，绚烂而简直，朴拙又诡异。聂干因

“学院派”出身，笔墨、色彩、结构、造型都十分讲究，以笔墨的典雅抒写戏曲的深情。近年喜以藏族傩戏面具作脸谱写意，神秘鬼魅，旷古幽深。

大丰朱新建，天生大才，惜归道山。大丰虽师承马得，其画风却更近关韩。只是纵逸恣肆的点画线条，却浸透了秦淮河畔的六朝烟水，绵绵湿湿自有乾坤。韩羽曾借李世民评魏征语，拈出“妩媚”二字说大丰，说自古以来“妩媚”二字，男人也是当得起的。此等话语，与其说是知根知底的老友间英雄相惜，更不如说是韩老先生的夫子自道。新建是粗眉大眼的汉子，惯用大刀板斧，杀杀砍砍的招式里掩不住侠骨柔肠，自有“妩媚”的一面。而韩羽呢，仿佛江湖上隐退多年的武林高手，瘦骨嶙峋，匕首也懒得带，只拿一把破纸扇，眼皮也不抬，随便晃荡一下，就“妩媚”得不行。

当今戏曲人物画界，石门韩羽、海上丁立人、汉上聂干因三位先生，均已年过八旬，依然神清笔健，佳作迭出，精彩纷呈，堪称戏画艺术“三鼎足”。

说属款

属款也叫署款，就是作者在自己的作品上落上自己的名字，有时不仅落自己的名字，还要写上归属方的名字。我族有讲究礼貌的传统，对方的名字要写在上方或前面，称上款；自己的名字则写在下方或后面，称下款。在书画收藏界通行这样一种说法，署了上款就不好再卖钱了，若卖起码要打一些折扣。很多人请求说："赠我一幅墨宝吧。"却又特别叮嘱"请一定别署上款"，因此他讨要这幅"墨宝"的目的，就让人怀疑了。

民国时期，康南海鬻书卖字，一般不题上款，嫌麻烦。因为康的名气大，买家往往上赶着套近乎，请题上款。然而康的润例写得明白——"请题上款，另加银子五两"。付足银子，康大人才大笔一挥，称你为"某某兄"。写完便完了，按说后面还应有两个字"雅正"或"赐教"什么的，可康大人睥睨四海目空一切，是用不着和尔等客套这类虚头巴脑的劳什子的。若是一部著述，属款就是签名本，而且属款越全，字数越多，在藏家看来就越珍贵。某次朋友请华人德先生在其主编的《中国书法全集·三国两晋南北朝墓志卷》上签名，此书刚刚出版，由于某责任编辑工作不够认真，导致此书多处出现错误，华先生做学问十分严谨，非常生气，就在朋友的书上密密麻麻一气写了一百多字，作为说明。朋友得宝，十分开心。这是我见过的最多字的签名本。据说，贾平凹某次逛旧书摊，见到以前自己送朋友的签名本，上面赫然题着“某某老友雅正”，就买下来，并认真地题上“再请某某老友雅正，平凹于旧书摊”，然后包裹好挂号寄给对方。只是不知对方收到后，心里是个啥滋味。

若署上款，则还有个称呼问题，看似寻常，却也微妙。当年，齐白石感谢老家的父母官对他老家家庭的关照，就送了一幅画给人家，落下款的时候，一连落了三个“白石”，并注明“白石老了不能跪拜行礼此即三叩首意也”，既巧妙真诚，又世故通达。启功署上款基本上皆称“同志”，“同志”的称呼最早见诸民国时期，本是“志同道合”之意，“文革”时期普及泛滥，从乡村到京城，满大街都是“同志”，当然，“地富反坏右”是绝不在此列的，正因为如此，在“亲不亲阶级分”的年代，一称“同志”却也似乎近了三分。今天则不然，某次我到商场买东西，想请服务员帮个忙，喊了半天“同志”，那位漂亮姑娘以为我是个老古董理都不理。后来朋友告诉我“同志”在今天是“同性恋”的意思。真如歌词里说的，不是我不明白，是世界变化太快。

今天，人们题写上款，通例是称呼“先生”，客气矜持，恭敬有度。前几年，有人见题某女士为“先生”者，甚觉奇怪，就写文章讨论，后来才知道此称呼于女士也是可以的。这一“开禁”又不得了，女士称“先生”又一度时髦起来。其实，女士称“先生”者，多是对那些博学硕儒德高望重者，如时下这般通称泛叫，就多出了许多幽默。亦有直呼“女士”者，通畅明快大方自然，倒也不错。有人偏偏喜欢轻轻掉一掉书袋子称“女史”，便也难免弄出些尴尬。称女性为“女士”，却不可以对应着称男性为“男士”，写一幅字，上题“某某男士雅正”，从未见过。仿佛女书家写的，可就是女书家也不这样题。现在男女间最时髦的称呼是“男生”“女生”，过去我们仅这样称呼班级里的男女同学，毕业走出校门就不这样称呼了。今天却不然，私下里称呼男老师女老师也是“男生”“女生”，港台电视节目里对那些白发苍苍的老头老太都称“男生”“女生”，再配上主持人嗲声嗲气的语调，听得我浑身起鸡皮疙瘩。会不会有一天条幅斗方上也遍题这新潮的称呼，谁知道呢，想想倒也好玩。

旧时称呼极为考究，姻亲，同僚，前辈，同年，晚辈，后生，老师，学生，等等等等，分得十分清楚，不可滥用。也有喜欢称官衔和弟兄排行的，古代的官衔虽然花里胡哨的，读起来抑扬顿挫很上口，透着文化味，如“王右军”“杜工部”“卢侍御”“杜拾遗”等，就算官衔不大，却也有那么一种“范儿”。今天，若称官衔“书记”“主任”“副县长”之类“雅正”，就斯文扫地了。称弟兄排行呢，也很有道理。古代推崇人丁兴旺，名门望族自然首先是大户人家。《与元九书》里的“元九”就是元稹，《问刘十九》就是问刘禹锡的堂兄刘禹铜，刘禹锡则被称为“刘二十八”。金冬心有首诗题目是《同鲍十四明府鉁高十一秀才嵒过夹山漾舟中阻风》，初看来像是老金故意显摆自己的数学才能似的，其实他是说自己和两位朋友一块划船游玩吟诗唱和的事，一位是鲍鉁，排行十四，曾官嘉兴府海防同知，“明府”不是清代的官衔，是汉代对郡守的尊称，金农有个癖好，就是时不时地用个偏僻典故，掉掉书袋。另一位是秀才高噩，弟兄排行十一。古代不搞计划生育，叔伯兄弟排到三五十人，不算奇怪。现代社会里，大家族被切成小碎块，三口之家全是独苗，再这么称呼就全变成“张大”“李大”了。

称“兄”，古今都有，无论年龄大小辈分高低，皆无不可，简单省事不说，还透着那么一点亲切劲儿。但多少也有点“江湖味道”，常言道四海之内皆兄弟嘛。好像2004年的某日，和朋友相约去看蒋维崧先生，蒋先生平时不大说话，那天不知怎的大家聊得特别开心。先是聊球赛、网络，后来聊到书法，又聊起京剧，从余叔岩聊到杨宝森，又聊到王佩瑜。临告别时请蒋先生在送我的作品集上签名，蒋先生就随手写下了“明诠兄清正”几个字。出得门来，我和同行的常诚徐伟二兄说起了一则故事，十多年前，《书法报》上曾有篇小文，说某某因沈鹏先生曾在送他的一幅字上题“某某兄雅正”，就在自己的名片上印了这么一行“头衔”——“著名书法家沈鹏曾称我为兄”，十分有趣。我说从此后我也可以如法炮制啦——名片上就印“书界泰斗蒋维崧曾称我为兄”。话音刚落，常诚兄却立即沉下脸来，正色道，我随侍先生多年，每见先生题字总是思忖再三，像某某某某和先生交往半生，先生仅题“某某教授”，先生很少这样称呼一个晚辈的。本想借此开个玩笑，经常兄这么一说，我倒很不好意思起来了。

说败笔

败笔，大概就是写得不好，失败的笔画。怎么是写得好，怎么是写得不好，怎么就算失败，标准是什么呢？这就不容易说清楚。古人聪明，不说标准，只是打比方。比如柴担、蜂腰、钉头、鼠尾、墨猪，等等。写一条横画，有起笔有收笔，中间是行笔或者说运笔，起笔收笔要稳准狠，要顿挫有力，在用笔上必然要加重。什么叫柴担呢，就是顿挫加重过分了，或者是中间的行笔过轻了。怎样是过分和过轻，如何把握这个“度”呢？还是一笔糊涂账。我们不妨拿颜真卿柳公权两位大师的楷书做个比较：颜字丰满肥厚，骨头抱在肉里，起笔收笔的有力处裹在里边不显山不露水；柳字则瘦骨嶙峋，“骨头节”则自然突出夸张，甚至非如此不可，否则便显不出柳体的那种精气神。若把他们两家的横笔画调换一下会怎样呢？肯定非常糟糕，颜字横画到柳字里就叫“墨猪”，柳字横画放到颜字里就叫“柴担”。再比如“钉头”和“蜂腰”，也是对于初学者来说典型的败笔，可在北碑墓志里边，随处可见这样的“钉头”，斩截有力，凌厉痛快；在徽宗赵佶的瘦金书里，则又随处可见这样的“蜂腰”，犹如吴带当风，摇曳多姿。不仅没有让人感到别扭恶心，要让人体会到这位才子加败家子的赵宋皇帝那种特有的

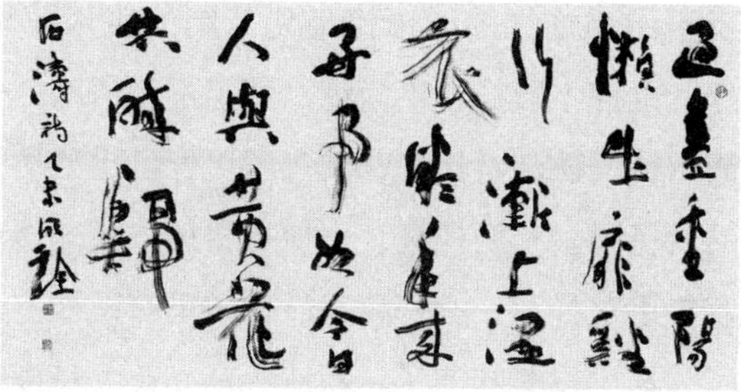

石涛《过尽》/四尺

“小资情调”，还真的非如此不可。因此，在“败笔”的认识问题上，是很需要一点辩证能力的。

这几年有个非常流行的说法，叫“线条点画的质量”。这说法就是针对“败笔”一说的，似乎很得人心，于是就你也“质量”我也“质量”起来。仔细想想，这说法其实很靠不住。质量嘛，显然是有着具体的量化标准的，比如，圆劲，光滑，流畅，饱满，中锋，甚至圆劲光滑流畅饱满中锋到什么程度等等，而且最好是有一系列具体的数字指标。沈尹默强调“笔笔中锋”，把自己赶进了“死胡同”，哪有绝对的“笔笔中锋”？实际就是强调这个所谓的“质量”问题。有人可能会认为，线条点画的质量高总不是坏事，质量不高总不是好事。其实未必。在写字阶段，也就是学习书法的初级阶段，比如写美术字吧，这个说法可能是对的，没有疑义。但在艺术创作阶段，这说法显然是片面的。质量好得近乎无可挑剔的线条点画可能正是构成对作品整体韵味内涵低下的杀伤力。正如写文章，中小学作文阶段，要强调句子的质量，要多用成语，用词要准确得当，要会描写比喻拟人，要懂修辞语法，起码不能出现病句，等等。到进入文学创作的阶段，问题就不是这么简单明确了。也许不用成语甚至不用描述性的词语比毫无节制的滥用花里胡哨的成语更好；也许不顺畅、不简练，甚至不合语法的句子比那些顺畅简练合语法却索然无味的句子更好。比如鲁迅的名句“我家的后花园里有两棵树，一棵是枣树，另一棵还是枣树”，倘若鲁迅这样写——“我家后花园里有两棵枣树”，明了准确了，却也没有味道了。写诗更是如此，李商隐的诗好就好在其意象的朦胧，20世纪80年代的朦胧诗便继承了古代诗歌的这个传统。所谓“官样文章”不是用词不当，也不是语法有问题，更不是语言、结构有什么“质量”问题，而是“太没有”问题，如白开水，如纯净水，没有一点味道。当年，王静安批评那些格律选声斤斤计较者，一语中的，“审乎体格韵律之间者愈微，意之溢于字句之表者愈浅”（王国维《人间词乙序稿》）。此论适之于书法，亦精当中肯。甚至连家具木材也是如此，好好一截木头若在上面生出一个疤痕，一般说来“质量”就大打折扣，可这疤痕生在贵重的黄花梨木上，则叫“瘿木”，美称“鬼脸”，韵味和美感可就非同一般了，有的竟价值连城。

前几年，吴冠中喊出了一句令许多画家不能容忍的观点——“笔墨等于零”！画坛上下一片哗然。中国画几千年来锤炼成精的“笔墨”竟然等于零了？你用什么画画？后来，有人总算看明白了——在他（吴冠中）那里，“笔墨”的确是等于零的，他不用“笔墨”画画。不用笔墨能不能画画？换句话说，不用中国画传承有序的“技法”能不能画画？画的画还叫不叫“中国画”？八大石涛吴昌硕黄宾虹齐白石一路下来，那韵味、那意境、那点有意思的意思，全在妙不可言的笔墨上。对比一下吴冠中，“笔墨”的确不好。

平直流滑，简单外露，色块平涂，点线重复。一句话，但就“笔墨”技法看，毫无韵味可言。与前面几位相比，几乎全是“败笔”。然而，吴冠中恰恰就是用这些仿佛不会画画的满纸败笔，画出了属于自己的画。假若，奇妙的构图不变，热烈的色彩不变，换上黄宾虹出神入化的“笔墨”咋样？估计会很糟糕。幸好，吴冠中实在不擅长中国画传统的“笔墨”，竟用这些“败笔”的线条点画在大家感叹的“穷途末路”中冲出了一条“血路”，避免了观众被精彩的“笔墨”吸引醉倒，而是更多地关注其奇妙的构图与曼妙的色彩，关注其自身的形式。用国画家的标准衡量，吴冠中是不会画画的，但他却画出了国画家们想都没想到的国画。因此，是否败笔不是笔墨问题的关键，更不是能否画出好画的关键。关键是看你用在什么地方，用来干了什么。

记得十几年前，看过江苏美术出版社出版过一本叫作《书法门诊室》的小册子，专门给名家大师们找“败笔”，作者喋喋不休言之凿凿，似乎真理在手，其实呢？他实在是没有弄明白一个基本道理，艺术创造与工艺制作真的是两码事。比如说林散之吧，若拿古人线条点画的形迹来卡他，他的确有许多“不合”之处，这些“不合”之处无疑就是人们惯常认为的“败笔”，岂不知这正是老先生锤炼了一辈子的得意之处，他的空灵、曼妙、飘逸、洒脱，他的妙不可言，全在这里。若林先生的结体不变，换上沈尹默几乎无一处“败笔”的点画线条，如何？我想，答案不言自明了。

因此说，在书法艺术学习的初级阶段和进入创作的高级阶段，在写毛笔字和书法艺术的不同立场不同角度，“败笔”“质量”问题是不可一概而论的。

戏说大师

现如今艺术家族的门类越分越细，也越分越滥，就像“文化”一词儿，本来挺高不可攀的，突然就泛滥得不行，连供人拉屎撒尿的厕所也“文化”起来。在这滥得说不清的艺术门类中，要论“老”，大概要数咱们“书法行”了。人家都西装革履休闲服了，咱还长袍马褂地套着。因为“老”是本行的特色，所以本行就讲究“为老者讳”，千万别在古人、前辈面前挑刺找碴儿，否则就是大逆不道，甚至十恶不赦。所以，书法族的子民们不仅把古人、前人全都捧成神仙供奉着，把同时代的长者也都捧得晕头转向，搜肠刮肚绞尽脑汁想出的所有能想到的好句好词，一股脑儿地向他们身上堆。死人没有知觉当然能挺得住，活人受用多了见怪不怪一般也就能熬得住了。小说家一般不在作品前特别注明“请张三李四某某读者指正”，但他们大多能在真正的批评面前撑住；书法家们天天“雅正”“斧正”“哂正”挂在嘴上写在纸上，却最容不得别人在批评上“较真儿”。因此，我们看到成群结队的名家大师像走在前面“穿新衣”的皇帝，只顾享受一路的鲜花和掌声，其实光着屁股却浑然不觉。读者和看客们装聋作哑跟着瞎起哄，也有看出门道的，嘴上却不说——怕被人讥笑为没水平没眼力。有一则故事说，江湖上有卖大力丸者，先是自个儿心里明白，不过糊弄口饭吃而已，后来买卖火爆了，就忘乎所以，自己也信以为真地吃起来。书法圈里这种情形实在太普遍，圣哲有言“人无完人”，你且记住，这话在书法圈里特别是在列为大师面前通通作废。一个一个的大师就像一座一座的高山，一路走将过来的“书法发烧友”们，全都条件反射似的害了软骨病，不问青红皂白纳头便拜。今日里，于是乎这厮要借酒撒疯，“臭”一“臭”那一路的大师。

于是乎当然要从书圣王羲之开刀。据说，王书圣的本事儿全在那篇《兰亭序》里。公允地说那字写得一招一式都很到位，通篇充溢着风流才子气，然而从“反”处来看，不免眉眼抛得有点过多过滥，以一刻不停地挑逗读者为能事。书法一道自从堕落为艺术之后，就注定了要遵循老庄们那个宿命的论题——“大道至简”，这句话就是告诫书法修持者，千万别只顾炫耀技法邀宠，“既雕既琢复归于朴”，“朴”应该是最后最高的境界，“王书圣”似乎一生都热衷于“既雕既琢”，不知后边有个“朴”等着他。原来我以为“书圣”的意思就是自古至今尽善尽美唯他最好，是铁定的第一，后来才弄明白，非也。我们的先人似乎很喜欢玩弄什么什么“圣”这套把戏。但这“圣”就好比评滥了职称之后，又弄个什么“享受国务院津贴”之类的最高荣誉称号似的。既然是“荣誉称号”，那么再高再大再神，也不过一个赞美词而已，当不得真。在这一点上，画家和诗人似乎比书法家智商高些，画家们并不认为自古至今唯有“画圣”吴道子画得最好，诗人们也不认为只有那位又干又瘦的“诗圣”杜甫老头诗写得最好。唯有咱书法圈子奇怪，谁若对王书圣有半点不敬，差不多就等于他掘了全天下所有与书法沾边儿的人的祖坟。“王书圣”还有个儿子叫王献之，也是个大师。他的功劳就是把“王书圣”开创的书风——“魏晋风度”推到一个更为妍美的境界。然而这位王少爷不仅天天宽袍大袖炼丹吃药地瞎折腾，还是个涂胭脂抹口红的活宝，用今天人们的眼光看，他似乎有点儿“半神经”。因此说，人们顶礼膜拜的“魏晋风度”，或许也沾点儿病态。

唐代以楷书繁荣著称，起初的几位楷书家写得还算不错，工整又不乏个性，但一到柳公权就完了。若说柳大师是朝廷的御用印刷机一点也不为过，他凭着深厚的写字功夫把活生生的汉字全整理成呆若木鸡的美术字印刷体。有时，我也常常替柳大师抱不平，正如一位科学家的发明成果迟迟不能被人理解、投产、推广一样，到宋代很多年以后才大兴印刷术，这实在有点对不住人家老柳。当然，老柳的全部努力最终也把他自己送上了绝路，自己坐进庙里吃冷肉，身后却断了香烟。自他以后历朝历代都有不信邪的，铁了心一辈子写“柳体”，结果当然没有一个人能在“柳体”上翻出个新花样来。颜真卿之后还有个钱南园、华世奎什么的。如果哪位还不服，不妨再从印刷体上试试身手，我想大概下场也不会有别。

众所周知，书法界有追求自然的古训，然而“自然”的标准是什么，人们的理解千差万别。于是乎认为：“自然”必须先从不自然开始，追求自然的过程就是不断雕琢“不自然”的过程，就是装模作样地演戏的过程，谁装得像、演得逼真，谁就被人们认为是自然，可见“自然”压根儿就是一个把戏一个骗局。明代文徵明算是比较自然的，中规中矩又疲疲沓沓，但又有点像温吞水。文老爷子活到九十多岁，徒子徒孙成群结队，他老先生一生舒服得很，从字里边就看得出来，没多少才气，却敢硬撑着当了一辈子大师，大概“字外功夫”十分了得。比较而言，苏东坡应该算是最“自然”的一位，是“无意于佳乃佳”的提倡者和实践者，但他生性马虎，敬业精神差一点。他大概是用三个手指头捏毛笔，写的字一边轻一边重，因此说自然也对，说不自然也对，就是写得比较随和。有人讥笑他笔法不古，结字不稳，他就说“我书意造本无法，点画信手烦推求”。苏学士不愧是大文人，他的聪明让人拿他没办法。与苏学士相比，米南宫、黄山谷二位则明显“不自然”，老米像穿惯了名牌西装似的，不仅一脸的严肃，而且一天到晚耸肩、收腹、撅臀、挺腿，越看越替他累。说老米有洁癖，大概不会错，他的字从头到脚不仅反复捯饬，又搽胭脂又抹粉，哪里有半点自然和放松？黄山谷的草书暂且不论，其行书和楷书处处夸张，仿佛一位蹩脚的歌手，不管感情是否需要，只顾傻呆呆地拖长腔、拔高音、亮嗓子，看着那些横冲直撞的夸张线条，便令人想起那蹩脚歌手脸上暴起的条条青筋。

再往后数，张瑞图尖锋冲杀，左右扭摆，且太过程式化；王铎与其说他承袭二王不如说他破坏二王更准确。当然，“破坏”得好也就是继承得好。他在丈二条幅上自己跟自己较劲儿，试想，像他这样一生读圣贤书的“明白人”能不知道做“二臣”是件“耻事”吗？说句粗话——“哑巴吃黄连，有口说不出”而已。因此，他字里行间透露出的除了“憋闷”还是“憋闷”。不仅单字“憋闷”得五官挪位，章法也“憋闷”得如便秘病人的大肠，不蠕动难受，蠕动也是难受。当然，略早于他的赵、董二家算是较为平和自然的，眉眼周正，行卧也透出一点富贵人家的教养，只是生就的小家碧玉胚子，淡妆的时候倒还可人，一旦浓艳起来，再抛个媚眼送个秋波，就被瞧出“俗”来。尽管在书法史上二位影响颇大，终究名节不太好。再往后，情形更糟。沈增值也算大家，据说执笔善用“回腕法”，就是手臂不仅彻底悬起来，而且要在胸前摆成标准的半圆状。这种姿势的特点，就是挥写起来特别扭、特难受，不一会儿就汗流浃背。与其说他老人家找到了正宗古法，倒不如说是他自己给自己找罪受。聪明如苏东坡者，肯定不赞成这位老沈，苏学士一向是怎么舒服怎么来，就连他被贬到黄冈的日子，也忘不了时不时地自己给自己找点儿乐子。这位老沈字写得既别扭又难受，但他过硬的基本功使他笔下太多的侧锋没有显露出单薄。人们夸他脱俗，其实是他老人家歪打正着。在于是乎看来，这种极近表演型的执笔运腕，既迂腐透顶又俗气十足。到了他的弟子王蘧常那里，那些单薄弄险的偏锋不见了，也不抽筋儿似的颤抖了，却曲里拐弯地绕起圈来，像道士们的画符，成心不让人看懂。王教授当然满腹经纶，大概是学问太多闹的，难为起不讲究学问的后辈们来了。说到这里，我们不应该忘了那位李瑞清，这位铁了心做清王朝遗老的老李，笔墨功力自然不浅，但多年练就的功夫不仅没对他的艺术创作起到半点作用，相反，成了他老人家捆绑自己的镣铐。行笔速度的均匀使线条点画的韵味丧失殆尽，而程式化的抖动又使已经僵硬的外表添了满身俗气。

清末民初还有两位大师康南海和吴昌硕，两位都很自负，他们似乎生性喜欢板着面孔端着架子，大师欲望特强。

但两位的“官运”都不济，康举人自不必说，那位“一月安东令”未必没有“吃不到葡萄说葡萄酸”的穷酸态。看康举人在考卷上写的字也算平和，安适自然，后来一遇挫折就气儿不打一处来，满腹诗书并没有让他事理通达心气和平，他先是自高自大刚愎自用，后来干脆认为全天下都对不起他，似乎都欠了他的。难怪一次在中国美术馆看展览，某位高人指着康举人的八条屏直嚷嚷——“你们见过讨债鬼吗？大概就是这副嘴脸。”他老人家的字龇牙咧嘴一味霸悍，还经常把自己的名讳写得比正文的字大。现在书法家为人写字，属了上款一般不好意思收钱，康举人喊你一声“兄”却要另加银子。一次他到苏州见到钱名山的字，他竟然这样夸人家：“如今我之下也就是你了。”再说那位吴大师，自打年轻就喜欢当“头儿”被人奉承，一生享尽了“大师”的风光。吴大师总喜欢把字写得越来越大、越来越厚、越来越重，开始我弄不明白，后来见到吴大师的玉照才恍然大悟，原来吴大师生就一副五短身材，不知他老人家是怨恨娘老子对他不起，还是觉得自己这副身材有损自己大师的高大形象，反正在笔底下就拼命地求高求大。就这样，苍天不负吴大师，他终于修成正果，仿佛练就了一座乐山大佛的真身，矗在那里，给后人立下了大气磅礴典型的同时，也让人们领教了欣赏吴大师的艺术还得先学会忍受别扭，别怕累。

就这样，于是乎如此一路地“臭”将下来，简直是十足的冒天下之大不韪。大师的再传弟子、私塾弟子以及那些书法界一向身怀正义感的人们，无论从哪个角度都该狠狠地抽这厮几个嘴巴。其实于是乎这厮平日里胆也很小，他话说得有点过分，但好在还只是针对大师们的外貌甚至服装行头，就像那个狡猾的包黑，他哪里敢真打皇帝，只是打打“龙袍”而已。记得鲁迅曾说过，有了文艺就有了文艺腔，到后来就仅剩下“腔”了。文艺可爱但“腔”不一定可爱。这话很深刻。服装行头、外貌外表毕竟不能等同于内容和内涵。凡是成功的艺术家，其个性语言往往符号化为某种夸张或强调到极致的外表和形式，喜欢的人往往从这里去接近他们，不喜欢的人往往也从这里讨厌他们。因此，我们不能光研究古代大师们的裤头几号、袖口多宽，甚至出门走路先迈左腿还是先迈右腿。其实那些大师若活到今天，肯定也会穿西装休闲服的。因此，我们不能以为从外表上学得一点大师的皮毛就算得了真传，你以为好不容易踏上了爬高的梯子，其实也许正是踩在一个美丽的陷阱上，自个把自个淹死还傻乐，还磕头作揖地感谢大师给你挖了一口正宗名牌的“好井”呢。

扇面《空城计》/ 2014

自以为是

我上小学初中的时候，还不兴考大学。后来到高中要考大学了，只有文理两科，艺体类的特长班在乡下中学是没有条件弄的。因此我就考了师专的政治系。写毛笔字只是业余爱好而已，更别说画画了。再后来交往了几位画家朋友，看他们涂涂抹抹那样的潇洒，就不免手痒起来。先是比着木板年画描人物，后来嫌不过瘾，就噼噼啪啪地画水墨，有时也看着电视画唱戏的小人儿，再后来就画油画，画陶瓷。在景德镇摆弄那些青花胚胎的时候，特有感觉。双手小心翼翼地捧着，心里就升腾起一种强烈的感觉，不会画画也要画，必须画，而不是写字。可是画什么呢？毕竟从来没画过，那就画小人儿吧，画戏里的小人儿，于是我就乌龙院坐宫击鼓骂曹地折腾开了。

朱新建说，画画是世界上最自以为是的职业，想当画家吗，认真地瞎画就行。其实，这句话还得看怎样说，这个世界上大凡从事某种职业恐怕绝少能做到“自以为是”的，就说画画，自己面对一张纸的时候，就应该如皇帝一般，管他三宫六院，管他大小三军，都得由着老子随心所欲地折腾。书为心画嘛，谁的心？咱自己的心。可既然是心画，自然天知地知自己知，干吗要画出来？正如民国时期那位钱振煌先

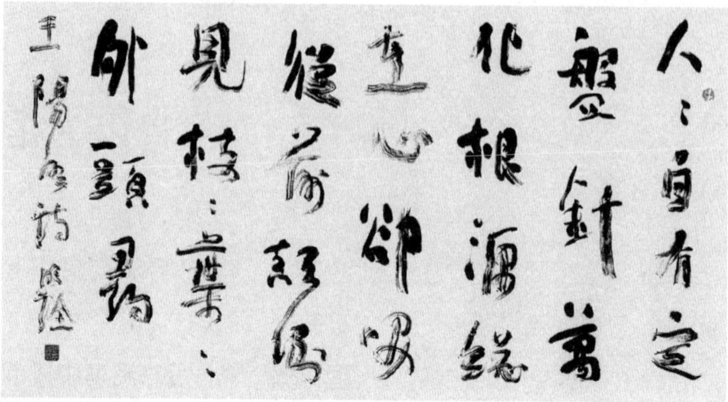

《王阳明诗》

生所言，既为心画，那手便是多余，那笔呢？自然更是多余。自己在心里想，哪怕想得天花乱坠做白日梦，甚至杀人放火都没关系。但等到画出来了，问题就不那么简单了。自己看了不高兴撕掉便是。可自己若是看了高兴呢？问题就来了，就憋不住让别人去看，干吗让别人看？想让别人说好，一想让别人说好，一邀宠，就完蛋了，就不能“自以为是”了。重大题材，主旋律，入展获奖，鲜花，掌声，名气，地位，是理事还是主席，每平尺多少钱，等等等等，从此后就是无穷无尽的“人以为是而自以为非”了，表面上春风得意，但却再也享受不到那帝王般的“自以为是”了。当然，也有人能从这层层包围中“突围”出来。那多是一些非主流的边缘化的艺术家。但这些人有时也是跳出“龙潭”又入“虎穴”，因为他们太科班，太技术，太懂画的对错好坏，一句话他们太会画画了。所以他们想彻底放下那些干扰和约束，享受到真正的“自以为是”，还是不可能。老子问：能婴儿乎？看来是不能，只要智力没有问题，吃五谷杂粮总要长大成熟，总要明白这样那样的道理，咋再倒回去？能在这一层中“突围”出来太难了，简直就是不可能！这是两重“突破”，前一个是突破别人，后一个是突破自己。显然这后一个突破更难。但还是有人就真的成功了，比如说这话的朱新建他自己。在当下所有画家们当中，朱新建是第一个，恐怕也是唯一的一个。

所以，我特别羡慕那些从来不会画画儿又煞有介事认认真真地胡画八画的艺术家，而且一心想当那样的艺术家。比如那位“凡·高奶奶”，台湾还有一位林渊先生。老先生是台湾南投县地地道道的农民，几乎没念过书，养了一大堆孩子，老伴去世孩子大了他也老了，一个人生活得孤独寂寞。有一天他偶然摸起一块石头，竟像被电击了一样，他说当时仿佛双手捧着一个肉嘟嘟的婴儿，于是他非要把这个可爱的孩子“找”出来不可。怎么找啊，他做过石匠的粗手轻轻摩挲着，他的心里就清清楚楚地看见了，他用锤子凿子剔剜着打磨着，终于出现了，就是那个可爱的小天使！从此他不停地刻呀凿呀，小狗，小猫，小羊，小

《劝千岁杀字休出口》/ 白文

《劝千岁杀字休出口》/ 烧前印面

鱼，应有尽有。家里摆不开就扔到大街上，后来，艺术家们来了，艺术大师也来了，都赞赏林老头是“大艺术家”、是“大师”，老头笑笑，说听不懂。收藏家出天价要买他的作品，他说不卖，喜欢就拉走，正好堆在这里碍事。老头“自以为是”的兴致越来越高，挖来树根树桩搞木刻，用妻子生前留下的毛线在麻袋片上搞刺绣，最有意思的是，用二百多个废旧轮胎堆积起来，他说是“刘伯温”。后来法国的杜布菲，一位现代艺术的执牛耳者，知道了这位“自以为是”胡折腾的台湾农民，多次写信深表敬意。信中说：“这些作品展示了作者强烈的创造能力和一种不寻常的力量，更使人感受到不同凡响的新颖及明晰。”其实，林老头中国字都不认得，更别说法国字了。他也根本不知道法国那位杜老头是如何如何的了不起以及他的这些话是个啥意思。他只是“自以为是”地在石头木头上认真地瞎刻瞎画而已。

如此看来，做那些自己压根儿就不懂不会做的事体，是极有可能“横超直入”地进入“自以为是”境界的“捷径”，只因这无知者无畏，就轻松地过了有些人一辈子都难以突破的难关。想想实在划算得很。可是这一“划算”就把艺术教育事业“划算”没了。其实呢，光是无知无畏地不懂不会，也是不行的，关键是他心里边要有一种东西，这种东西眼睛可以看不见，但“心”一定要看得见。当年米开朗琪罗就说过：“我要的大卫已经在里头（石头）了，我只是把多余的部分去掉就成了。”老米一定是闭着眼睛就看见了的，因为睁着眼睛也看不见。看来真正的艺术不仅是睁着眼看而且更重要的是会闭着眼睛看的。可是，光“心”看得见也还不行，还得有一种强烈的要表现出来的欲望。这种欲望强烈到什么程度呢？不表现出来寝食不安，甚至生不如死。既然到了这个份儿上，那还等什么呢？

当一个人不惜以自己的生命为代价去追求和实现一种精神的自由快乐的时候，就是人生的大解脱、大境界、大快活、大幸福。自以为是——真正做到了，别装，千万不要有一丝一毫的“装”，也许就离那样的境界不远了。

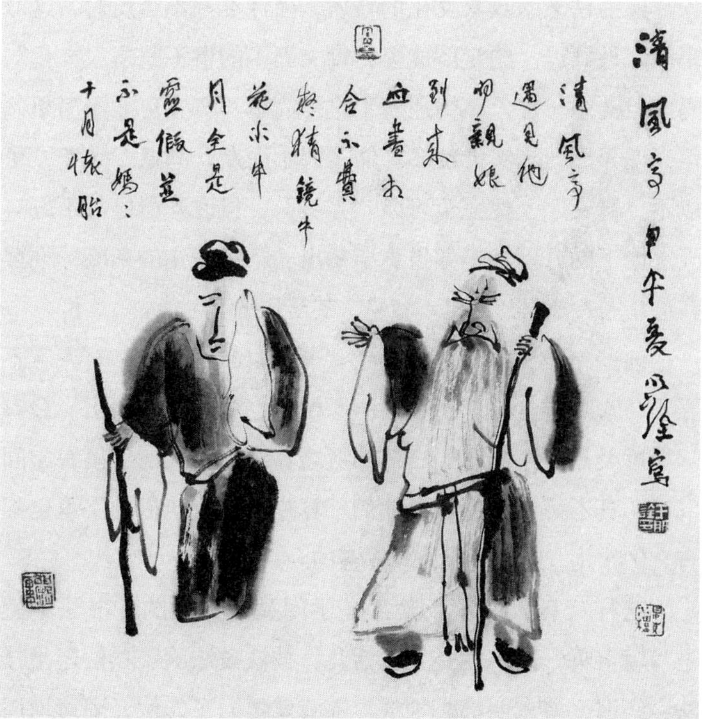

小品《清风亭》

波澜与烛光

说书法艺术具有文化的特质，估计谁都不会反对，这似乎应该是共识。约定俗成罢，舞文弄墨的事不就是“文化”吗？但转念一想，事情还真不这样简单。舞文可能不简单，但光说弄墨，其实谁都会。幼儿园小朋友，隔壁二大爷，可以不“舞文”，但完全可以“弄墨”，虽说弄得好与不好有天上地下的分别，但如果真要拿出一条可操作的判断标准摆在这儿人人都服，还真不容易，甚至几乎不可能。

前些年曾有有识之士提出“书法家学者化”，有人就不服了，啥是学者？二王算吗？颜柳欧赵算吗？徐渭王铎金农郑板桥吴昌硕齐白石于右任林散之算吗？他们的字里有学问气吗？真不好说。但若说他们都算是文人，他们的字里也都有文化味儿，应该说是比较靠谱的。

这样又有人说了，啥又是学问又是文化的，书法不就是写写字吗？写字就是手艺活儿，技法技法除了技法还是技法，绕那么些东西都是扯淡。那我就要问了，倪元璐黄道周八大傅山技法好吗？金农康有为技法好吗？如果跟在头发丝儿上刻唐诗七绝的、在一把折扇上写完唐诗三百首的、在一颗桃核上先刻小船后刻窗户最后刻小人并且刻双眼皮的“微书”“微刻”比比，哪个书法家敢说他的技法比那些工匠还

要精到、精细、精准？恐怕连二王都算上也未必吧？但前者是书法艺术家，后者只能是工匠。前者的作品叫艺术品，后者的作品只能叫工艺品。因此，作品有区别，不在于技法精粗，而在于作者也就是人的不同。人有何不同？职业、身份及地位尊贱等等，但这些都是外在的，这些都与作品有这样那样的关系，但都不是必然的直接对等的关系。如果把历代艺术家做一个大致的概率分析，他们的最大最突出的共同点是什么呢？就是前边所说的“文人情怀”“文心”。别的都可以没有，只有这个，必须得有。有了这个“文人情怀”“文心”又当如何？就有了艺术的想象力和创造力，正所谓心里边有波澜，笔底下就有波澜。

问题是这个“文化味儿”咋生发出来的呢？不是仅仅光靠用科学的笔法和巧妙的结体设计制作摆布出来的，根本的原因是与作者（人）的“文人情怀”“文心”有关。技巧技法好比“水”，那点“文化味儿”就好比水兴而起的“波澜”。艺术之所以成其为艺术，不在于那“水”，而正在于这水的“波澜”。没有波澜，水质、水性、水温无论如何都没用。工艺品的“水质”“水性”“水温”好，甚至都好得令人叹为观止，只是没有波澜。艺术品则不同，妙处全在波澜，波澜翻卷处令人震撼，以至于让人完全忽略了那“水质”“水性”“水温”。“文人情

怀”“文心”是什么呢？就是生发那迷人波澜的胚芽、药引子，非它莫属。

或者，把这个比喻换成“蜡烛”和“光焰”，也一样。

如果光有水而没有了波澜，或者光有蜡烛而没有了光焰，就没有了艺术，只剩下“工艺”了。有人会说，没有水哪来波澜？没有蜡烛哪来光焰？的确如此，但关键的关键，水也可以不起波澜，蜡烛也可以没有光焰，究竟，水如何兴起波澜，蜡烛如何被点亮光焰？

总归要找到“文人情怀”“文心”那里去，那“文人情怀”“文心”又从何而来，跟何者有关呢？当然跟文化、文人有关。

文化是什么？跟知识有关但不等同于知识；跟修养有关但又不等同于道德伦理甚至品德素质。文人是什么样的人呢？古代的文人如屈原、司马迁、王羲之、陶渊明、李白、杜甫、颜真卿、苏东坡、黄庭坚、黄道周、倪元璐、徐渭、傅山、八大以及近代的马一浮谢无量徐生翁李叔同白蕉沈尹默林散之高二适等等，他们有知识有文化，知识博通修养全面，但绝不仅仅只是这些，更重要的是还有强烈的理想信念，内心世界无比强大，一根筋，一条道走到黑，甚至烧包发牢骚，还时不时地害害单相思发发神经，等等等等，舞文弄墨未必是他们的正业主业，但一定是他们“说话”的共同方式。由于这种“文人情怀”“文心”的胚芽药引子在，一遇到合适的季节土壤阳光水分就会生发出来，或者乱石崩云，或者惊涛拍岸，或者细看来点点是离人泪，全是艺术的波澜。但他们在现实生活中却未必浪漫安逸，因为他们书生意气，一根筋，不世故，不就俗，在现实与世俗面前四处碰壁，甚至不惜丢却了性命。但如果不让他们的“文人情怀”“文心”生发，就等于不让他们“说话”，而不让他们“说话”，他们真的就会“毋宁死”的，“莫道书生空议论，头颅掷处血斑斑”。鲁公祭侄不是血泪迸溅吗，东坡寒食不是酸苦哀叹吗，羲之兰亭不是徒叹奈何吗，由于他们，由于他们不断地“生发”与“说话”，我们才看到了血泪迸溅、精美绝伦的“波澜”与“光焰”！

想想过去看看现在，今天有文人吗，今天的文人和过去的文人有何不同呢？这是值得我们进一步思考的。

有人说那是“责任”和“使命”，其实不是，而应该是“本心”。责任和使命是别人给予而被动接受的。只有本心，才是主动释放而不可遏止的，不生发、不释放，毋宁死。所以，我坚持认为，书法作为一种传统文化的艺术，不在书法史里，不在博物馆里，也不在浩如烟海的经典碑帖里，只能在一代一代书法家的“心”里。如果我们有幸来接这根接力棒，那我们首先得要问问自己：咱“心”里有吗？

今天真的是个“好日子”，我们赶上了一个生活稳定、物质丰富的年代。但不知道从什么时候起，出于什么原因，我们的精神和灵魂被重重浮华的光影所包围，被大而无当自作多情的口号和使命所吞噬，被煞有介事的忙忙碌碌和虚情假意所消磨，被司空见惯习以为常的失望冷漠和幻灭所麻木。如果今天说要做一个文人，可能连自己都会觉得可笑。我们不想指责什么，也没有资格指责什么，但我们可以扪心自问：在物欲横流名利遍布甚至唾手可得之时，我们的内心深处还有几分定力？我们从古人经典里边学会了那么多的技法形式，当我们濡墨挥毫时究竟想要表达释放什么，究竟还有几分真诚？

其实今天真想做个文人不可笑，但很难，难到几乎不能实现。关于这个“难”字，我们都有会心处，不必也不想在这里解释什么。20世纪90年代初爆发的人文精神大讨论就充分说明了这一点。时至今日，连讨论都已经缺少热情了。所以，我们就“暂退一箭地”，做半个文人吧，但要养一颗文心！否则，如果我们都放弃那一颗“文心”，今后可能真的就只剩下“水”和“蜡烛”，而没有“波澜”和“光焰”了，也许永远都没有了。

行走篆刻

1980年上大学后，我开始订阅《书法》杂志，对篆刻知识了解渐多，还买了一本邓散木的《篆刻学》，这是我学篆刻的第一本教科书。20世纪80年代中期，全国出现了民间社团极度繁荣的现象，文学社、诗社、印社，多如牛毛，遍地开花。一个县、一个乡甚至一个宿舍的二三同学，都可以起事立社，扯起大旗，社长副社长若干人，不需要登记注册，就轰轰烈烈地开展艺术活动了。1988年我刚刚调到德州工作，正遇到一帮同好酝酿成立德州印社，于是就积极地和他们一起"共襄大举"，并自告奋勇编辑《德州印社社刊》，把社员们的作品印花拣选出来，粘到一张A4纸上，然后复印若干份，就算"出版"了，随后就分寄各地社员和兄弟印社。因此说，我不仅是"资深"的篆刻作者，还是"老资格"的篆刻编辑哩。

《赵氏孤儿》/朱文

《赵氏孤儿》/烧前印面

1990年首届全国印社篆刻联展在杭州举办，那是一次对全国印社的大检阅，出了八开本的作品集，沙孟海先生亲自题写书名。里面收录了一方“明泉之钤”朱文行书简体印，那是我第一方公开出版的篆刻作品。后来，又陆续参加过全国第三届篆刻展和第二届国际篆刻交流展等。1995年南海出版公司为我出版了第一本作品集《于明泉书法篆刻集》，里面选入了20多方印章。那个阶段，我喜欢异想天开，尝试以宋版字体变形入印。起因是一次我偶然见到高凤翰“家在齐鲁之间”一印，太令我震撼了，看似古板实则灵活，横线竖线看似迂呆，实则粗细随意，自然生动。千变万化极尽能事又装聋作哑不动声色。越看这方印，越觉得它像宋版字的变形。于是，我受这方印的启发，找来许多不同型号的宋版字楷体字，拆卸搬移折腾开来。其实那时有几位篆刻家早就在楷体印方面探索了，但大家的探索多是照搬而不作变形。我想，不妨试试用宋版楷书的横竖直线直角与篆书的迂曲缠绕相嫁接，比照简直方正的秦汉权量金铜篆字结体，“造”出一种非楷非篆的“新字体”。于是就有了全国第三届篆刻展上的

《我本是卧龙岗散淡的人》/ 白文

《我本是卧龙岗散淡的人》/ 印型

那几方作品，如“粗眉大眼”“日暮乡关”“门前冷落车马稀”以及我自己至今常用的“明诠之印”等。当时也有文章见诸报刊，表扬我化“肤廓”旧体之腐朽为神奇，不失为一种有意义的探索云云。肤廓体就是宋版字体。宋代印刷术发明后，刻字刀的运用对汉字的形体发生了深刻的影响。当时所刻的字体有肥瘦两种，肥的仿颜柳，瘦的仿欧虞。其中颜体和柳体的笔画横细竖粗，结体纵长，特征鲜明。这种字体成熟于宋代，故称宋体。到了明代隆庆、万历年间，这种宋体字又演变为笔画依然横细竖粗、但字形已趋方正的“明”体。当时在民间还流行一种横画很细而竖画特别粗壮、字形扁扁的字，称为“洪武体”，职官的衙牌、灯笼、告示，私人的地界勒石、祠堂里的神主牌位等，一般都采用这种字体。这种字体和它的前身宋版字体，皆称肤廓体，因为规律明显雕刻容易十分流行普及。它与篆、隶、真、草四体有所不同，别创一格，读起来倒也清新悦目，今天则统称铅字体、美术字。从艺术角度说，既然属于铅字美术字，也就自然而然地被排除在“书法艺术”之外了。但洪秀全的太平天国玉玺（约20厘米见方）即用这种字体所刻，与历代帝王篆书样式的传国玉玺相分别，倒也有趣。

《清官册》/ 白文

用宋版肤廓体做入印的探索，是我研习篆刻的一个阶段。后来，刻印少了，不少朋友还为此感到有点遗憾，认为我应该深入地走下去。其实我倒觉

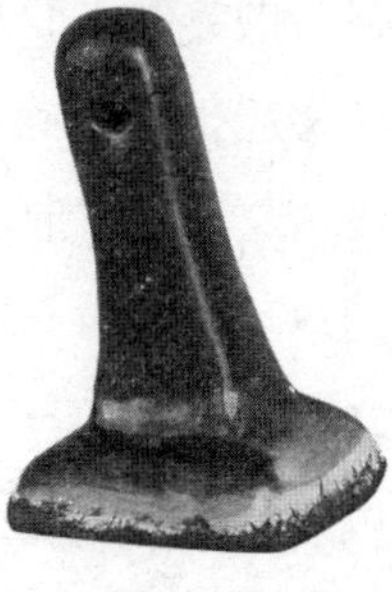

《清官册》/ 印型

《打渔杀家》/ 朱文

《打渔杀家》/ 印型

得也无所谓，一是探索实验的路子不应该过早地锁定在某一个点上，未免过窄；二是有意思的游戏应该慢慢玩儿，信马由缰会更轻松，也更接近我自己的创作状态。那个阶段我很看重印面外在的视觉感、形式感。当然，按照传统的观念，这样随意地“造字”也许是有些“大逆不道”的。但前贤吴先声《敦好堂论印》有云：“汉印中字有可用者，有断断不可用者，总之，有道理则古人为我用，无道理则我为古人用，循俗则陋，泥古则拘。”看来，前人在这个问题上也有深深的烦恼和纠结。印章小技，实本性情，情之所至，便不欲受前人现有字形字范的拘谨，可是何谓有道理何谓无道理呢？何谓俗何谓陋呢？空头议论总是很难厘清个中长短对错。丁敬身虽然高呼“看到六朝唐宋妙，何曾墨守汉家文”，可由他自己开创的浙派，谨遵汉印至上，端严板正拙朴方劲。西泠八家依次登场领尽风骚，终于到钱松为其做了最后的终结。而邓石如引小篆入印，流美婀娜，浙派之外皖派崛起，是否就有“俗”“陋”之嫌呢？也不见得吧。至如晚清赵悲盦“取法在秦诏汉镫之间，为六百年来模印家立一门户”（魏稼孙语），“秦诏汉镫”已明显不属于秦汉篆书之“正脉”了。不仅仅如此，悲盦在其《章安杂说》中公然提出“绩学大儒三岁稚子”之说，正是尚学养、化“俗陋”为神奇的先行者。李茗柯将其与黄牧甫相比较，认为“悲盦之学在贞石，黟山之学在吉金；悲盦之功在秦汉以下，黟山之功在三代以上”。试想，无论悲盦的“秦汉以下”还是黟山的“三代以上”，都是在历代印人踟蹰蹀躞的正统规范之外，实实在在做的“超”秦“迈”汉的功夫。而当代印人在搜罗奇怪方面更是不遗余力，封泥瓦当，墓室题凑，残砖断瓦，碑额志盖，甚至西夏契丹文字、道家符箓徽号，皆实验入印。更有齐白石老先生，兴之所至戛戛独造，竟得浑然天成，开一代风气。我想，正统也罢，民间也罢，既然凡古代写刻遗迹都可以作为今天书法创作的参考资源，自然也可以做今天入印的探索实验。在楷篆两种字体之间试做一点嫁接的探索，夸张变形以求得视觉上的一点新意趣，纵有所“逆”，也还不至于“不道”吧。

由于条件所限，我当初学篆刻并没有直接师承的老师，基本是自己看书翻资料摸索。但当年在德州工作时，和几位同道朋友天天泡在一起，写画摹刻，吹牛切磋，往往不知东方之既白，受益良多。他们比我起步早，又勤奋，经常参加全国各类大展大赛，摘金夺银，十分的威风。我就虚心地请

《一马离了西凉界》/ 大篆

《一马离了西凉界》/ 印型

他们赐教斧正，读《说文》，查篆字，冲刀切刀，向刀线背刀线，刻边款，拓印稿，不亦乐乎。那时我们胆子都很大，各种风格流派都想尝试，今天邓石如，明天赵之谦，后天就吴昌硕齐白石。这样折腾了几年之后，视野开阔了，眼界也提高了。那些年月，韩天衡、王镛、石开、刘一闻等名家大腕的作品横空出世影响巨大，使我也十分着迷。对我来说，他们就像我行走篆刻的一根根手杖，通过反复摩挲他们的作品，感受他们鲜活而深刻的观念、思想及创新精神，揣摩他们走进篆刻传统的神秘足迹，使我不仅对篆刻艺术的流派衍变来龙去脉有了系统的认识和理解，也逐渐悟出了古人反复强调的“印宗秦汉”“印从书出”“印外求印”的深刻含义。此后，每每操刀弄石，往往推敲数日方可走刀，慢慢地知道节度其手了。原以为，篆刻艺术视觉感强，只要篆法规范章法设计巧妙，其余就是刀尖上的功夫了。后来读到周亮工的一句话：“以纵横毛颖之法驱使铦刀”，似有所悟，才真正懂得了“印从书出”这句话的含义，不仅仅是指篆法、学问的重要性，也强调了用刀刻出的点画线条要追求“毛颖纵横”的韵味意趣。篆刻与书法一样，强调视觉形式，但更注重内涵韵味。说到底，视觉形式只是外在的手段和方法，是可以模仿的。而作者心性情感的涌动流淌、内在精神意境塑造，却是历久弥新的恒久魅力。随时间的推移，必然愈显其烛照光辉。文彭何震之所以不朽，正是由于他们当年的努力，印章由工匠技艺转变为文人艺术，他们是真正的篆刻文人化的鼻祖。此后六百年的篆刻史，出秦入汉，熔铸三代吉金；流派纷呈，代代印风更替，均是文人情调在各类印石上绽开的意趣风雅之花。正如周亮工所言：“印章汉以下推文国博为正灯，近人唯参此一灯矣。”文国博之所以被后人尊为“唯一正灯”，仿佛如东晋之王羲之，绝不仅仅在于他们在个人形式技法上有多少发明创造，当然是由于他们是第一个自觉把文人的诗心骚意自由精神熔铸于笔墨刀石之上的成功创始者。

曾经有近十年的时间，我几乎放下了篆刻，虽然品鉴赏读未曾远离，但很少动手创作新作品。主要原因就是自己生性疏懒用心不专，一旦放下再收拾这套工具家什又嫌麻烦。近年来，受同道朋友的启发，我又迷上了陶瓷印，自己为此专门建了窑，做坯，涂釉，烧制，乐此不疲。和许多朋友注重陶泥这种特殊材料、追求刀与泥相互生发的率性生拙之意趣不同，我则很愿意用陶泥再现印石上的那种丰富而又细腻的韵味。陶泥松软，无论冲切，走刀一定要轻起轻落，细细用力。否则，一不留神就会刻穿刻烂。但那种仿佛钢丝上跳

于明诠治印

舞的冒险劲儿，又特别让我着迷。刻朱文时大致写写印文，并不做十分精细的设计推敲，而是在走刀刻画的过程中随时修改调整，因为泥巴毕竟不是名贵的印石，不必太在意刻好刻坏，反而少了许多思想压力。刻白文时依然保持着多年前的习惯，把印面涂黑，捉刀就刻，一挥而就倒也淋漓痛快。因为陶泥烧制完成之后，总会有些变形，许多细微的效果和原来未烧制之前有时大相径庭。无论成败，却又不能再做任何修改，成功率就比较低。当然有时也会出现一些意外的效果，打印出来之后，完全出乎自己意料，倒也十分有趣好玩。

《桑园寄子》/ 朱文

《桑园寄子》/ 印面

《斩经堂》/ 朱文

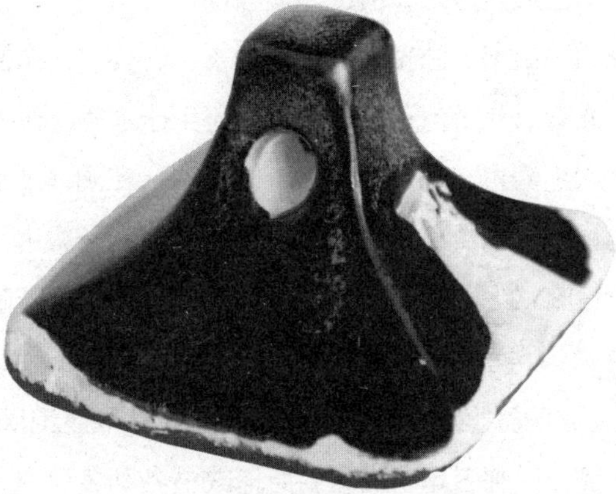

《斩经堂》/ 印型

玩法有别　理趣无二

——从“三栖”说到“跨界”

所谓“三栖”，盖指书法而外再涂抹几笔水墨、挖弄几方印章。没做什么深究，凭印象好像这个“三栖”的说法来自那些港台演艺界，某某艺人本来唱歌，后来又演电影电视，再后来又做导演或其他娱乐角色了，大家赞赏其多才多艺，便说他“两栖”“三栖”甚至“多栖”什么的，总之是个表扬人的褒义词。其实古代远的不说，即使从宋代苏东坡米芾以来，写字画画基本不分开，元代之后印章艺术受到文人、书画家们的青睐关注，也加入进来，书画印便渐渐成为一门综合的文人艺术。一流的书法家、画家，往往兼通书画，写字之余撇几笔兰草竹叶，或者点几朵梅花，笔墨味道不至于太差；画家平日里临帖写字练练笔力，也是不足为奇的日课，在画面上题写长长短短的记跋语句自然不在话下，还可写写对联条幅扇面斗方酬答友朋。篆刻家呢，一般都有书画功夫做底子，一流的书画家们也都喜欢亲自动手刻刻印章，或姓名斋馆，或鉴藏闲印，人们常常不经意间看到书家画、画家字、书画家印章，忍不住啧啧称赞，说画名印名被书名所掩或书名画名被印名所掩云云。其实，这恰恰是指其中某一方面仍有所不及，被表扬者这时候要保持一点儿清醒比较合适。若是书画以及篆刻造诣不相

"老友记"展览致谢

上下，人们便不这么看，反而觉得正常了。比如徐渭、八大、金农、郑板桥直至吴昌硕齐白石等等，人们不愿去费劲比较是哪个名掩哪个名了，因为事实上哪个名都没有被掩。这时候，倒是他们自己喜欢掰扯，称自己什么什么第一，什么什么第二，这里边也许有他们能耐大了多了不免打个诳语英雄欺世的成分，但说到底是人家样样本领过硬相差不大，否则，瞎白话一通也实在无甚意义。在这个问题上，我倒更愿意这样看：艺术家某一方面阴差阳错过多地被世人关注了，艺术家本人却认为另些方面未能被世人足够关注，强调一下，免得人们不明就里。再者，艺术家本人也确实在未被足够关注的某些方面付出了更多的精力，自己过于偏爱，也恰恰真的是代表了艺术家本人艺术造诣的高度。比如，每每看到齐白石林散之说自己诗第一、黄宾虹说自己书法高于绘画时，我首先感到的是他们的真诚，仔细读过他们的诗，仔细品味一下他们的书法，最起码不认为他们是胡言乱语哗众取宠。

在这个问题上，我觉得比较好玩儿的是，之前吴昌硕齐白石黄宾虹不必说，即使像徐悲鸿油画国画之外书法写得精彩、徐生翁书画俱佳亦能治印、傅抱石绘画美术史论之外书法印章也不俗、李叔同书画印兼擅、李可染陆俨少书画俱精，等等，却也从来没有人称他们“两栖”“三栖”或“多栖”。怎么，今天同时玩玩书画印，就“三栖”了呢?

还有比“三栖”更“严重”一些的说法，则称为“跨界”。“三栖”如书画印属于血缘关系较近的，若是再远一点，大家就有赞赏而称奇而瞠目了，哇，好好厉害，跨界了啊！比如，书画印之外再写点诗文什么的，就往往被称为“跨界”！王羲之书法之外做文章，苏东坡诗词书画之外写散文，徐青藤书画之外写戏本，从无人叹其“跨界”，分明仍在“界”里。其实，这在古代直至吴昌硕齐白石黄宾虹们是不稀奇的，既不“多栖”也不“跨界”，自然得很。诗书画印综合一体，这其实也是中国传统文人艺术的“传统”二字应有之义。

想来，这“三栖”“跨界”的说辞当下之所以屡屡被人提起，都是现代教育体系以及现代学科越分越细、叠床架屋闹的。书法与国画虽然都属于美术学类，但都分别自成学科，一个中国画学，一个书法学，都是二级学科，平起平坐。而诗文则属于文学，与艺术学、美术学分属不同的大“类”，隔得就更远了。好在，篆刻还在书法学里边，虽然有让篆刻独立出来的呼吁，但目前尚未有与书法学平起平坐的篆刻学这样的二级学科。但近年高校的书法队伍日渐扩大，不仅有书法系，也出现了书法学院这样的二级学院。既然是大学的二级学院，下面也只得继续细分下去，要分为某某系某某专业等等，书法与篆刻分成两个专业也顺理成章指日可待了。这就意味着书法、篆刻同修就是“两栖”，书法篆刻之外再涂抹几笔山水花鸟，不仅“三栖”，已然就是“跨界”了。书画印之外，若再写点诗文，弄弄文字，不让人瞠目也难。问题是事物总还要不断发展变化着，对事物的科学认识也自然会不断进步着。就像物质分为分子原子原子核中子介子质子以至无穷一样，学科也必然将越分越细。现在篆刻与书法还勉强裹扯在一起，说不定若干年之后，书法专业再进一步分成隶书专业篆书专业楷书专业草书专业行书专业等等，现在中国书协就是这么划分的专业委员会，已经走在前面了，说起来也是体现了英明的前瞻性的。到那时，写楷书的写写隶书，写篆书的写写行书都算是跨界了，真到那般地步这书法艺术可咋整？想想就替后人头疼。

在这样的学科语境之下，说某某“几栖”“跨界”，就未必仅仅是赞赏表扬的意思了。学科越分越细的同时，也就是对专业性的突出和强调。看起来是表扬你多才多艺，实际隐含着对你专业态度不到位不严谨的批评与指责。本来你在这边“栖”着，突然跑到人家的领地里去“栖”，无疑“小三儿”插足抢夺人家的饭碗地位；本来大家在一个屋檐下混日月，你非要吃着碗里看着锅里，往低里说是多吃多占，往严重里说就是不务正业再加显摆嘚瑟。过去老中医看病，你把手腕子一伸，老先生望闻问切，几味中药一切搞定，内科外科儿科妇科不必纠结细分。今天若是身体偶有不适，到医院里挂号，没有专门人员引领指导，十有八九找不准科室大夫。内科不管外科的事，神经科也不问五官科的病。医学问题毕竟属于科学问题，西医与中医也自然各有不同，细分下来自有其道理。问题是，艺术终究不是科学，中国传统艺术自古虽然有玄妙神秘的种种说道，但工具材料以及研读参考的资料，基本没有太多的花样可以翻新，这样越分越细的同时，也就把这些传统艺术的精神灵魂切割凌迟了。人们感叹，书法越来越美术化了，这也仅仅是开始，接下来不仅是美术化的问题，而是技术化、图案化、工艺化的问题了。到那地步，传承了几千年的书画印文人艺术就成了关于书画印的一张表皮了，表面看来无甚区别，实际却早已不是，真正的文人书画印艺术成了渐行渐远虚无缥缈的传说，留下的是一堆热火朝天煞有介事的貌似传说中的书画印文人艺术的表皮。

以民国为例，若要说真正的“跨界”，最乱套的是黄宾虹和李叔同。黄宾虹画画写字刻印章就不说了，研究美术史鉴定古玩玉器等等也不说了，还弄个机器在自家后院里私铸钱币筹备经费参加反清革命，这个“界”若跨出去确实有点萌萌哒，幸好他老人家及时收了手。不然，革命家们抛头颅洒热血夺了天下，你“跨界”跟过来，一定会说，看把你能的哈，会拿枪么。李叔同呢，先是话剧、书法、金石、美术、文学、音乐各“界”乱串乱跨，后来一步跨入佛门悲欣交集去了。

我想，说书画印“三栖”也好，说诗书画印“四绝”“四通”也罢，本是一家合属一体，本是同根生，血缘近得难分彼此，至多只是四片树叶三个花瓣的关系。在彼此间串串门，至多是一个游戏玩久了，换换玩儿法呼吸一点新鲜空气而已。正是：玩法有别，理趣无二。什么时候，大家觉得正常不稀奇了，这书画艺术也许就健康健全了。

我在乎书法里边有意思的那点意思

什么是书法呢？我不知道。或许，我们能知道的只是什么不是书法。比如，文字不是书法。文字是书法的文学内容，但不是书法，更不等于或代替书法。因为甚至看不懂文字内容也不影响书法审美，黄永玉曾这样发问——鸟叫好听吗？——你懂吗？——不懂咋好听呢？是的，好听不好听是一回事，而意思明白不明白是另一回事。比如，笔法、结构之类的技巧技法也不是书法。因为笔法、结构之类的技法没有统一的绝对的标准，你可以证明历代大师经典的技法如此则会高妙，但不能证明不如此者就一定不高妙。毕竟艺术不是科学，没有“非如此不可”。而且，后世的经典、大师在技法上都不与前代经典大师相重合。再比如，碑帖同样不是书法。后人学书法有碑帖，前人——原创意义的大师似乎都没有碑帖直接面对，王羲之时代没有几本像样的行书碑帖，李斯时代也没有标准的小篆碑帖，写散盘甲骨的人更没有碑帖，甚至连文字都没有，或者只能因陋就简。更何况，高山坠石，千里阵云，惊蛇入草，甚至锥画沙、屋漏痕，等等等等，根本就不在碑帖里。还比如，连书法都不是书法，——

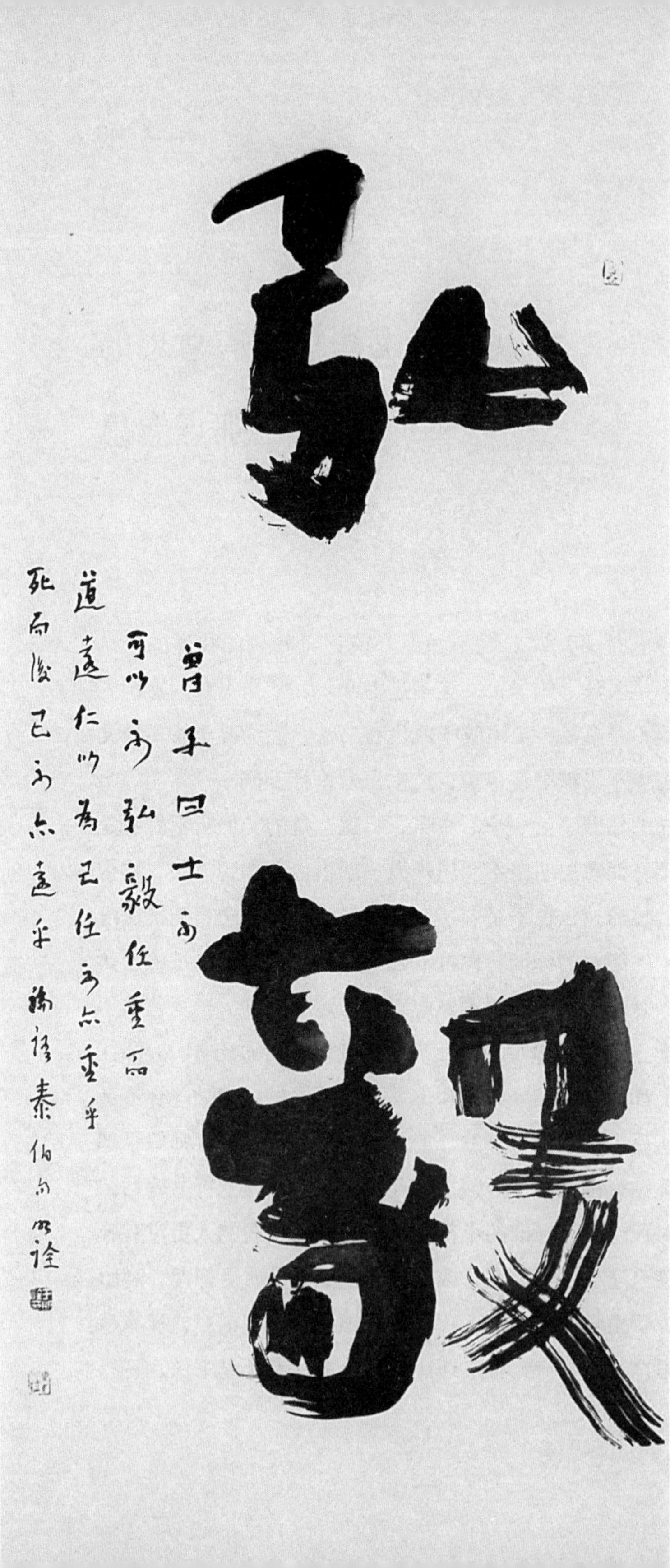
弘毅
曾子曰士不
可以不弘毅任重而
道遠仁以為己任不亦重乎
死而後已不亦遠乎 論語泰伯句

《弘毅》／四十五乘一百一十厘米／二〇一一

不是书法的书法，我们见得太多太多了，不说也罢。

我想，既然书法曾经是——现在也应该是——一件公认为有意思的事儿，那么它里边那点有意思的“意思”就非常关键了。有那点“意思”，它便是书法，没那点“意思”，它就不是书法。哪怕你天天颜柳欧赵二王苏米碑学帖学，它也不是，绝对不是。说到底，书法家毕竟不是技术能手，也不是劳动模范。

那点有意思的“意思”不多，想触摸它却太难太难。因为，它很玄妙，又很明确，可感可触；它很虚无，又很具

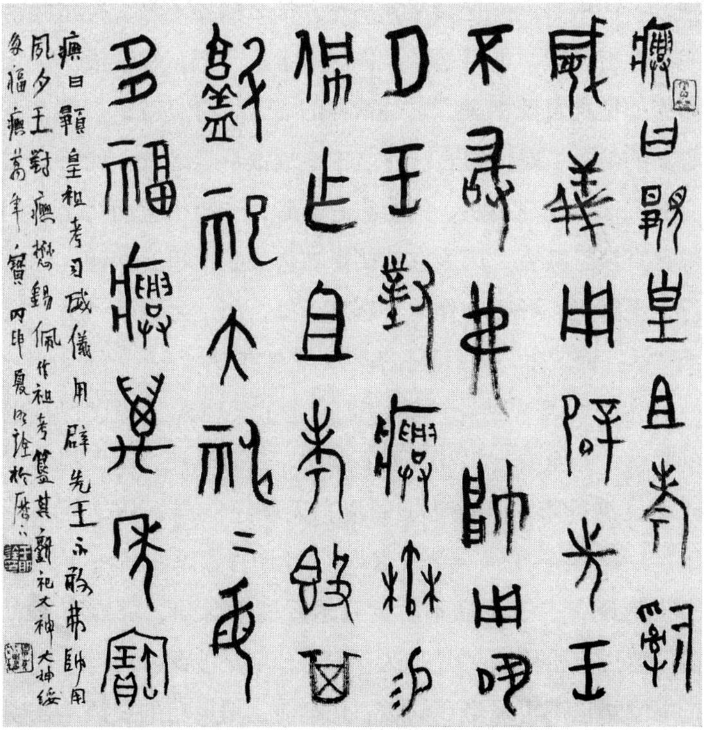

斗方 / 临金文 / 2016

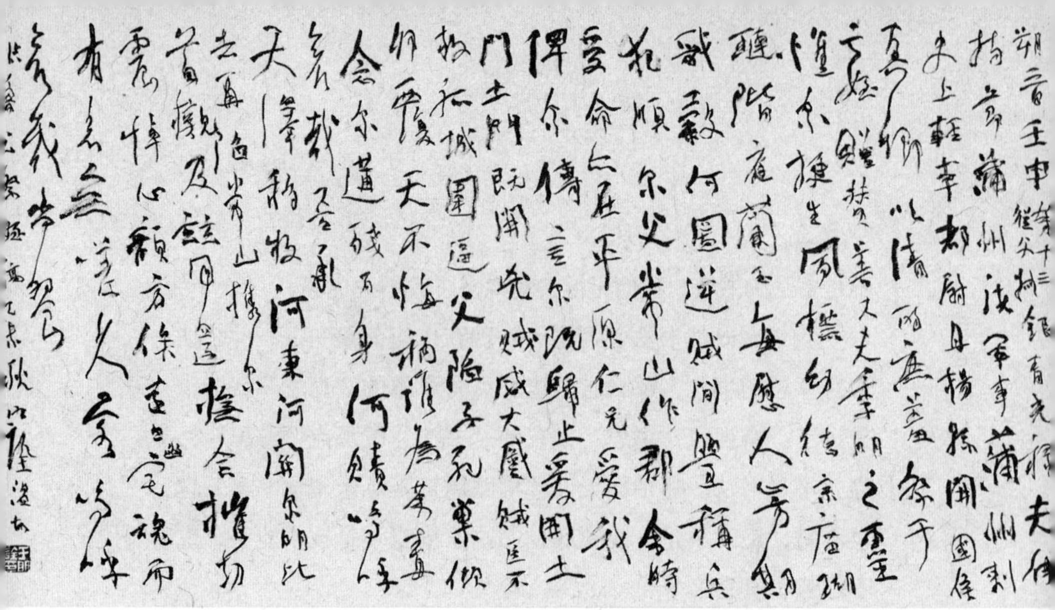

体，一花开五叶，一滴水有四万八千虫；它很娇贵，很难养活，但又很直接，也很活泼，道在瓦壁，全凭横超直入的本领，一切由心造。这么摆弄不是，那么摆弄不是，突然间，左瞧瞧右摸摸，便就是了。你想伸手抓一把，却又没了。它和你的精神灵魂相关，它是精神的痛苦，是灵魂的折磨，是心灵的呐喊，是“晤言一室之内或放浪形骸之外”的诗意文心的沉郁。说它娇贵，因为它有洁癖，一染俗就面目全非。说它直接、简直，因为它就栖息在你的生活里，伴随在你的行走坐卧里，呼吸在你的喜怒哀乐里，因“生”而“活”又因“活”而“生”，只要你有心，它就在。

先民聪慧，拈花一笑，便道通了天地人，三代吉金甲骨鼎彝，乃至秦砖汉瓦，无不如此。二王风流，不仅袒腹东床而且炼丹吃药。痛苦加颓废，无聊还清高，就这样洞悟了“后之视今亦犹今之视昔”，那点“意思”就齐了。许多人都说，二王不激不厉，我越看越不对劲，那点有意思的“意思”恰恰又“激”又“厉”，全是波澜。后世一代代的书家早已不再跪坐在低矮的几案前，用灵巧的鼠须笔在硬黄纸上“绞”啊“转”啊地写字，而是——站着、长锋、生宣——八尺、丈二地折腾。天天虎啸狮吼，无从体会春蚓秋虫的悲喜癫狂而已。——赵孟頫勤奋而且听话，可惜没吃过“五石散”，真的是不激不厉了，但那点“意思”也几乎和他擦肩而过了；董其昌狡猾，人品虽不咋样，但他有难得的精神洁癖，把禅家的“诗眼”挤弄几下，就有了点那个“意思”了。王铎憋屈，虽然近似干呕，但痛苦与难受和“五石散”的药效也有一拼，吐出来的竟也有那么点“意思”，尽管让我们看着替他费劲。米芾不愧超一流的技术能手，却也不如苏轼随手一抹，那“意思”就平添了许多。最要命的是八大，不声不响，翻一下白眼，那点“意思”他却一抓一大把。至如颜真卿、徐渭、傅山、金农、徐生翁、林散之们，仿佛精神裸奔，当他们呼啸着和你擦肩而过时，要么把你震呆，要么把你灭掉，就全凭了线条点画里边那点有意思的“意思”。

放眼当下，技术主义四处泛滥，形式理念狼烟尘啸，更何堪金钱权术施淫施暴，几千年来书法里边那点有意思的“意思”正在遭受着一场旷古未有的凌迟和涂炭。当然，作为个体，有人喜欢把书法做成“游戏”、做成“养生”，甚至把书法做成“金钱”、做成“权术”，只要自己认为值得，那是各人的自由。但我想，总该有人不甘此心，比如也喜欢经常吃吃“五石散”，喜欢没事找事发神经自己折磨自己，甚至挺着长矛拉着瘦马义无反顾地为了那点“意思”大战风车。如果真的是那样，如果上苍怜悯他，能让他摸到一丝一毫那点“意思”，他一定会感到幸福无比。

辑二 呦呦

点画呻吟

一部书法史
无非各种表情的点画
和各怀心事的呻吟
——题记

1

古人的心事真的不能触摸
比如甲骨文
本来就是一把骨头
疏疏几根线条
除了锥心刺骨
还有什么呢

2

古人竟也常常打仗
（穿惯长袍的古人咋这么粗野呢）

古人在甲骨里边
除了装神弄鬼
就是喜欢打仗
一片片数过来
几乎全是掩饰不住杀伐的欣喜
郁郁乎文呢

3

说是青铜铸就
就一定不可更改吗
饕餮纹一脸沉重
任凭时间把清清楚楚的字符
弄得面目全非
左一个耳光右一个耳光
历史被抽打得满面铜锈

4

虎狼的秦朝
喜欢拿铁线作篆
如虎狼大快朵颐之后
悠闲地眯起眼睛剔剔牙
把个江河大地
剔划得左右对称圆润通透
秦王嬴政到底是个急脾气
没等李斯剔完牙
就把他五马分了尸
韩非说
就像画铁线篆一样
分得圆润通透
不过他真的高兴早了
项羽刘邦一拨楚简一拨汉简
都做了流行书风
军阀混战的年代
谁都认为自己是主旋律

5

还是刻在石头上好
从山野到庙堂
人们开始了无穷无尽的搬运
从篆书搬到隶书

终于搬出了方块字
对于普通的石头来说
刮削打磨就是历练筋骨
仿佛老同志打太极拳
当然历史的脸面重要
为了成全皇帝们真真假假的把戏
无辜的石头们不打太极拳
挺身而出挖心剖肺
让历史悠久到今天

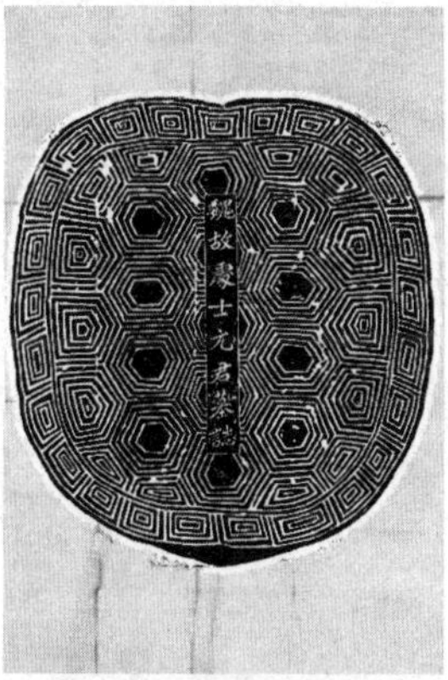

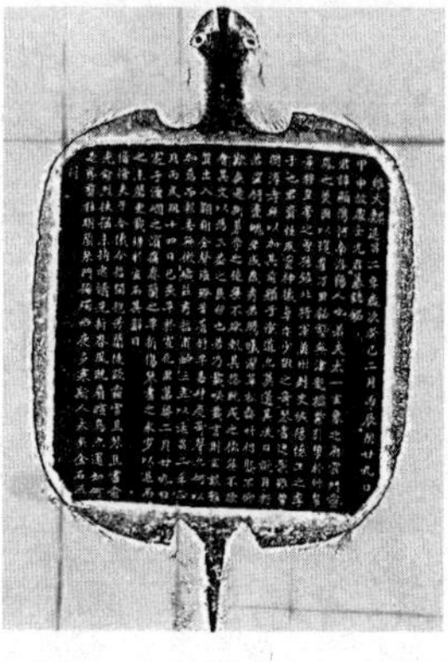

6

先有行草后有正楷
书法家却教会人们反着看
平平正正的是孩子
不守规矩的总是成人
一板一眼地正楷着是幼稚
旁逸斜出行草起来就叫成熟
多少的孩子从循规蹈矩开始
长大了，不是坏了笔法
就是喜欢钻法律的九宫格
从对临到意临
一步迈过，然后就进入创作
老先生捋着胡子骂娘
传统哪里去了
其实传统哪里也没去
胡子一样在他手里攥着呢

7

墓志墓碑
地下地上的折腾
让曹孟德很不高兴
宽宽的袖子一挥
三国就归晋了
从此隶书不像隶书

楷书不像楷书
到处泛滥行草
特别是那个王羲之
把行草种满了整整一个兰亭还不算
一直种满宋朝的淳化阁
真让唐朝人说着了
野火烧不尽哈

8

这事说来谁都不信
王羲之算是老资格的书圣
却不曾入过书法家协会
终生就一爱好者的水平
写了一张兰亭序
也被画贩子倒腾没了

王羲之《兰亭序》

王书圣很伤心
说后之视今亦犹今之视昔
但后来一代代
书协主席副主席们却并不认同
嘴上坚持今之视昔
心里却盘算着每平尺润例
今年涨了多少
后之视今
怎么亦犹今之视昔呢

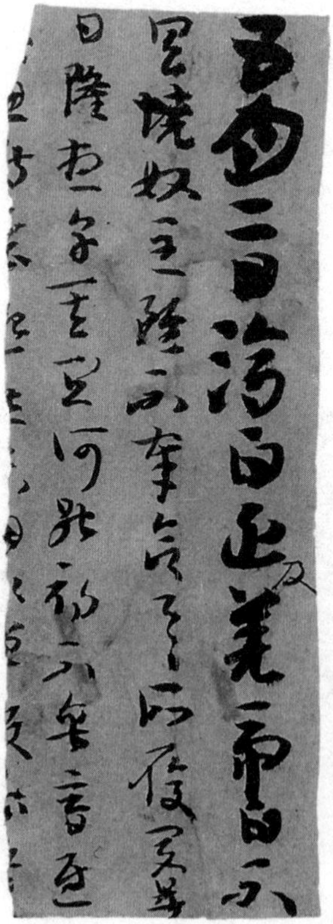

魏晋楼兰残纸

9

癫张醉素
和唐朝的颜柳虞欧对弈
当然算是臭棋
连唐朝之外的苏东坡也看不惯
当这两个秃翁火了的时候
大宋江山已经倒在血泊中
颜筋柳骨的棱角
却挡不住元朝的马蹄
赵孟頫在中间坐立不安
他的理想
是既当运动员又当裁判员
一边是宋四家
一边是明四家
看看麻将桌上
随便码放的线条点画
管道升拉拉老公的衣袖
唉，这牌可怎么打呀

10

苏东坡一生幽默
所以间架结构安排得
一边高一边低，但
不能逗皇帝开心

总是憾事
跑到黄州写寒食帖
写就写了，可他
又要写乌台诗案
皇帝说心正则笔正嘛
一连说了三遍
苏东坡非要纠正
这是柳公权的谏言
皇帝不耐烦
就刷一道圣旨
连幽默都不懂了你
接旨吧。于是苏东坡
就去海南旅游了
宋朝的网友投票评选宋四家的时候
苏东坡缺席
先在岭南春睡，然后
又吃完三百颗荔枝，才
发个“短信”做了最后陈述
竟雷倒整个大宋朝
我书意造本无法
就此得了第一
于是在宋王朝的带领下
书法史上大小三军
又被狠狠地幽默了一回

11

米芾每天都光着膀子临帖
他有洁癖不敢穿衣服写字也就罢了
问题是他对着一块烂石头揖拜
“米粉”们大呼小叫
米老师都“行为”了
却不能算个宋朝第一
米芾一声不吭
写比寒食帖还大的虹县诗
写比天际乌云还长的蜀素苕溪
米芾和徽宗皇帝
海参鲍鱼嘬五粮液的时候
得第一的苏东坡
正在天涯海角啃窝窝头呢
后生们看得分明
距离才会产生美
苏东坡拿性命做事情
连幽默都让人心酸
黄庭坚擅长泪点和着墨点的
草书作跋
教科书上喜欢说禅意什么的
其实那是为苏老师鸣不平

12

宋徽宗的瘦金书
和宋词一样
专供杨柳小蛮腰的宫娥们把玩
文文弱弱的宋皇帝
用一枝尖细的小狼毫
先给自己减肥
再给文人们减肥
最后就给风流倜傥的大宋朝减肥
二十世纪末
大街小巷遍布瘦身减肥店铺
细看来全是
当年那位徽宗哥哥家的
连锁店

13

徐青藤把自己的卵子切下来
埋在宣纸底下
先种葡萄后种石榴
种来种去青藤书屋的
天井院茁壮茂盛
大明朝的皇家园林
却被种得捉襟见肘
八大山人终于忍不住

上山垂钓了
扛着瘦瘦的钓竿
钓竿上伏着
蜷缩脖颈的乌鸦
山人叹口气望望远方
留守的邢张米董
正用细瘦的身子骨
替荒凉的明代书坛
看家护院

14

看起来王铎的志向
不算高远
好书数行而已罢
但他一心想写在大清王朝的脑门上
就有点麻烦
王铎提着上朝面君的牙笏板
悬肘也不是
悬腕也不是
后生们纷纷指责王铎脊梁骨不硬
其实是不理解王铎的憋屈
一身一身的冷汗淌下来
不涨墨才怪呢

15

王铎憋在家里涨墨的时候
傅青主在山西做江湖郎中
穿一件青黑色的道袍
把头发束在头顶
不扎辫子的老傅先生
对妇女儿童望闻问切，然后
给顾炎武开出生儿子的药方子
看看天色还早，就
随手画空
哗哗哗，哗哗哗
先画四个“勿”又画四个“宁”
朝廷也拿他没办法
傅老头到底不肯坐
皇帝老倌的八抬大轿

16

清军入关的时候
砍下几颗汉人脑壳
世道总算太平多了
不曾被砍下的脑壳
都用长长的辫子系着
像悠悠达达的长锋羊毫
每天上朝的时候

都在后脊梁背上偷偷地写个不停
先帖学后碑学
把秦砖汉瓦商周鼎彝
找来煮一锅粥
阮元把脉
包世臣开药方
康有为到处抓药
终于把扬州吃成八怪
把刘墉吃成罗锅
把于右任林散之
全都吃成白胡子老头
于是，碑帖总算结合了

17

民国开始剪男人们的辫子
女人就特别高兴
萧娴和游寿
把女人的扬眉吐气
写成榜书写成金文
把二十一世纪写得遍地都是
二〇一一年的美女书家们
又搽胭脂又抹粉
望着两位老太太远去的背影
直哭得泪眼盈盈，却怎么也
找不到自己落脚的地方

而没了辫子的男人们
就像女人泪水泡倒的羊毫
长归长但软得不行
无法屋漏痕，只好
拿把传统的破锥子画沙
一道又一道
直画得肾衰阳痿
有人说今天的书法
仿佛阿杜唱歌
上气
不接
下气
那就是剪辫子
落下的病根

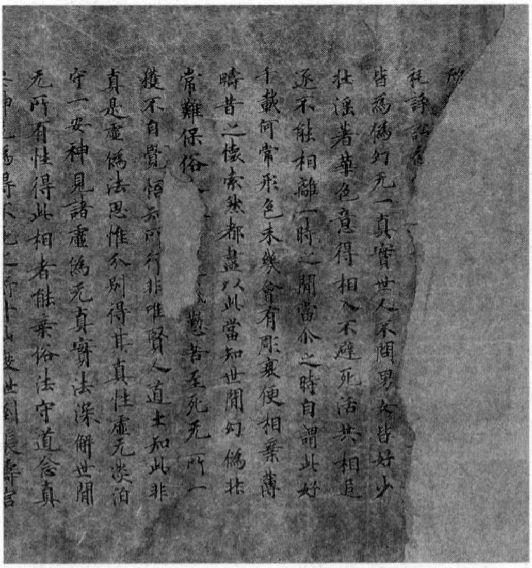

敦煌写经

18

都在嚷嚷回归传统的时候
其实传统早已没有多少卵子可割了
捏惯羊毫笔的书法家们
忙着成群结队到兰亭赶集
用王羲之祖传的行草
捣成据说最正宗的膏药
争着抢着向官僚和大款们兜售
于是展览一个接一个
不管羊毫狼毫
一律走猫步抛媚眼
领导们一高兴，就说
和谐了真的和谐了
快让书法进万家吧
其实，比万家还多得多的
书法家们，从来
也不曾出过家

此诗于2016年广州新年诗会被改编为诗歌剧搬上舞台

穷　鬼（小说）

那片大洼，方圆十几里。洼当中阡陌交错的地方有座小屋，青色砖瓦砌就，显得古朴别致，而这小屋吗时所修吗人所盖，人们都讲不清楚。

但那小屋里有鬼，且是一胖一瘦两个鬼。东村的李老头，西庄的王老头，亲眼见过。

李老头见过那瘦鬼，脖子细细的，能伸能缩。伸出来差不多和身子一样长。鬼眼睛长在胸脯上。王老头则见过那胖鬼，脑袋如铁锅，一副大嘴巴竟长在头顶上。李老头那年六十有三，属猴。王老头那年六十有四，属羊。听得人们直吐舌头，背脊沟里不觉便冒出凉气来。

大家都相信，李老头胡子一大把了，王老头儿孙一大群了，骗得人吗?

年轻人自是不知深浅，晚上凑在一起摔扑克，累了，就有人说："谁敢去那小屋？二斤花生。"

没人应声。

"再加五块钱。"那人又嚷。

重赏之下必有勇夫，张三站起来：

"当真吗？不得耍赖。"

"当然。"大家齐声说。

于是说定：到小屋里划三根火柴。大家就远远地望着。等。

起初，张三在心里对自己说："根本没有鬼，都是自己吓唬自己。"可心里还是直跳，且越来越跳得厉害。渐渐地，冷汗淌下来。抬头一看，隐约见那小屋的黑影绰绰地在前面，张三就觉得耳朵嗡嗡地响，且有突突的脚步声撵过来，极真切。猛一回头，张三"啊！"的一声倒在地上，腿肚子转了筋。

大家听见张三瘆人的呼唤声，心里更是发毛。过了一会儿，自知闯下大祸，才硬着头皮围过去，把张三抬回来。

见没伤着筋骨，人们就说张三到底胆小，吓得转了筋，张三听了，厉声道："明明见到鬼了，明明是那鬼使了妖法别住了我的腿的。怎说是我胆小？你们过去，没看见前面那道黑影吗？"大家听了，倒吸了一口凉气，信了。

于是，大家晚上不敢走动，早早地关上门熄灯睡觉。

却又睡不着，就瞪着眼睛竖起耳朵，静静地听。开始听不到动静，慢慢地就有鬼说话的声音远远地传过来，叽叽咕咕，又像哭又像笑。人们就瑟瑟地拉过被子，严严地捂了头，硬睡。有大胆者，居然蹑手蹑脚起来，隔了门缝往外瞅，夜色黑漆漆的，自然什么也看不见。

到洼里做活的人们，再不敢贪早恋晚了。慢慢地，人们白天也不敢去大洼里做活了，这片大洼虽然《县志》上说："沃野千顷，多产五谷杂粮，乃良田。"可是人们不耕不种，自然就荒芜了，人们眼看着野草野菜遍地丛生，起初心里隐隐地怜惜。日子越过越穷，更是觉得困苦，却细细地一想又坦然，穷则穷矣，却少了许多风险，荒就荒吧。到底是人的命金贵，人们信奉"好死不如赖活着"这句话。人们觉得怕得有理，那地也荒得有理，就不再惋惜。

外地的陌生人却不知厉害，常常半夜三更在大洼里往来。人们见了，大惊：

"没碰见鬼吗？"

"鬼，吗鬼？"陌生人摸不着头脑。

人们就细细地讲给他们听，听着听着，眼睛瞪直了，嘴巴也张圆了，陌生人的额头上渗出凉凉的细汗来。以后就再不敢闯那大洼，远远地绕开走。

为什么没有碰见鬼呢？人们就觉得奇怪。想来想去不得解，莫不是鬼走了？终于耐不住饥寒日子的人家，就结了伴到洼里耕种。起初先耕种那临近村庄的地，见没什么闪失，就号召村里人们，人们却背着手摇脑壳，不去。那几人每日里荷了锄，战战兢兢地去。偶尔有风有雨骤至，则不免头皮麻麻地发些紧，自然受些悚然的惊吓。

一日，东村的李老头和西村的王老头碰到一起，自然就谈起各自见鬼的情景，奇怪的是，两人竟是同一天见到鬼的。那是乙卯年五月初三，下午正好下了雨。

“那天我在洼里刨地，天刚黑，忽然就下起雨来，雨来得急，我就赶忙跑到那小屋里去避雨，不大一会，那鬼就来了。”王老头拿眼睛轻轻瞥一瞥李老头，事情过去几个年头了，想起来还觉得心里冷飕飕的。“我听见那门要打开了，我一想，反正跑不脱了，就把手里的大镐头举起来。鬼进来了，好家伙，那脑袋这么大！”王老头抡拏开胳膊，做一个搂抱的姿势。“我吓得大叫一声，扔了大镐头拔腿就跑，听见后边一阵叮叮当当乱响，肯定是那鬼饿急了，就把我的大镐头吃了，好家伙！”王老头粗粗地喘着气，脸红红的。

“哈哈哈哈……嗨！哈哈哈哈……”李老头猛地一拍大腿，“老伙计，那天，哈哈！是我呀！……”

那天，李老头到古井镇赶集，回来恰好走到那小屋处，天上黑云翻滚，一声沉雷就下起雨来。李老头把刚买的铁锅顶在头上就去小屋里避雨，就这么，李老头错把王老头的大镐头当成了那瘦鬼的细长脖子，王老头又错把李老头的铁锅当成了胖鬼的脑袋……

两个老头就哈哈大笑起来，笑了一阵又一阵，直笑得弯腰流泪还是不止。笑着笑着，两个老头一口气没上来，死了。

人们吓坏了。

人们想来想去，越发觉得奇怪。两个老头一起说了什么呢？怕是冒犯了那两个鬼，怕是那鬼不肯甘休了。人们感到惶惶然……

于是，人们去问那东村的瞎子，瞎子会算命，人们世代称算命瞎子为先生。先生的嘴唇慢慢地哆嗦着，发出极古怪的声音。人们知道那是咒语，听了人们的叙说，先生立刻做大惊状，面如土灰：

“啊呀！罪过啊罪过啊，怕是有大灾大难呀……”下面的话，人们就听不明白了，如“水火不相容，天地不能合”云云。

“为吗呢？”越不明白就越问。

“这是书上讲的，你们怎么会听懂呢，这么说吧，人们都有两只耳朵，若是两只耳朵碰到一起，人还能不受些皮肉之苦？”

人们摸摸自己的左耳朵，再摸摸自己的右耳朵，一想，竟恍然，水和火怎么能相容呢？天和地怎么能相合呢？于是竟悟出了这深奥古怪的道理来。也有不信的，说：“既是书上讲的，瞎子怎么识的？”可是大家都信，也就无奈何。于是跟着相信，于是跟着害怕。冥冥中，大家感到灾祸注定要临头了。

果然就应验。先是张三家的鸡没了，后来李四家的花母猪死了，张三李四先是很悲伤，一想，破财免灾，倒坦然了，轻轻地舒了一口气。别的人家就更加提心吊胆起来。果然又应验，先是东村刘家的独生儿子下湾淹死了，后来西庄的赵家三儿媳妇吃了老鼠药……

人们越来越怕，日子越过越穷。

穷日子过了很久。那片大洼不耕不耩，不收不种，不浇水也不上粪。渐渐地，野草也不长了，一块一块露出光秃秃硬板板的白碱来。只是那座小屋依然如故，蓝色砖瓦砌就，越发显得古朴雅致，也越发神秘了。

一天，大洼里开来了一大一小两辆汽车，那弯弯的细细的阡陌小道坑洼不平，那汽车便如一大一小两颗蜗牛，蠕动得极慢。人们远远地望着，不解。

车上的人戴着眼镜圈圈，穿着也极新奇。那人拿了花花绿绿的杆子，在大洼里又照又量。之后，那一大一小两颗蜗牛又慢慢蠕动着，爬走了。过了几个月，四面八方开来了许多车，黑压压的车，黑压压的人。人们渐渐明白了，这支人马是上边派来收拾那两个恶鬼的。小木匠说那是打井挖油的。小木匠当年跟他师父下过天津卫。大家嘻嘻地笑，却是不信。“打井能挖出油来吗？打井能用这么多人吗？”他们吃油都是靠石磨推，靠石夯砸。挖井只要四个人，两天就能挖一口井，而且是甜水井。他们嘻嘻地笑，小木匠真会说笑话呢。

那座小屋被拆了，多年来平平安安的日子又重新动荡起来。

人们看着那一片片宽敞的房子，一座座高高的架子，觉得一种不祥的预兆正在降临。人们悄悄地害怕着。

日子一天一天地过去，却没有什么灾祸发生。那些穿着奇特的人们若无其事地进进出出。而且有许多年轻漂亮的女人，一边走一边笑，声音就像敲响了银铃子，极动听。人们觉得很奇怪。后生们就走过去搭讪：

“你们不怕鬼吗？”

“鬼？哪儿有鬼？”她们莫名其妙。当人们有头有尾地讲完那鬼的故事，她们全乐了。咯咯咯地笑起来，笑得抱头弯腰揉肚子。后生们倒糊涂了。

一个戴眼镜的老头走过来，听完他们的话，笑笑说：“不怕，那是两个穷鬼，我们打井采油，日子会越过越富，把鬼镇住了。”

竟然被小木匠猜中了，果然是打井挖油！人们越发糊涂起来。那老头的话，他们想了半天还是不懂，怎见得是穷鬼？怎见得呢？

不管穷鬼富鬼，也许真的被“镇”住了，见日子过得平安，人们的心就踏实多了。

荒芜的地又重新耕种起来，几年不耕不种，人攒足了劲，等到秋后颗粒归仓，家家户户竟都是出奇的好收成。

第二年，人们就不仅种五谷杂粮，而是多种蔬菜瓜果，全都卖给打井挖油的人们，全都是上好的价钱。小木匠还带领少地和无地的人们到那打井的地方干些杂活，也和那出出进进的男女们一样，按钟点干活，按月份领工资。

人们的日子就真的富裕起来。渐渐地，鬼的故事就成了一个传说。茶余饭后人们说起来，再不感到害怕，而是感到有趣，并哈哈大笑，直笑得流出浑黄的泪珠子。之后，人们又似乎悟出些什么，心里豁然一亮。

此小说作于1986－3－31／济南

《好好学习图》

人如川。山如川。时間如川。

宇宙萬物。何物不川。

小說說。手寫師。你寫首

詩吧。奇趣就寫吧。寫一首

麗語詩。麗語也如川

舊作 高而白 甲午夏

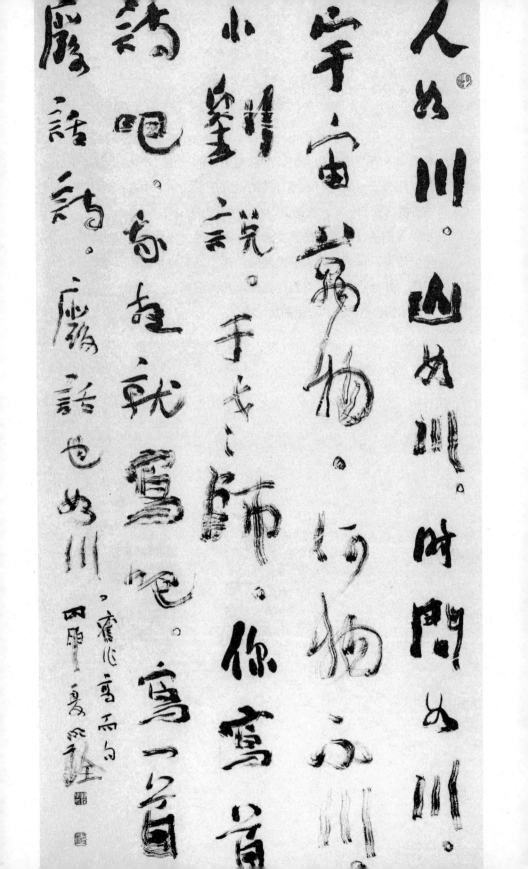

辑三 啧啧

字与梅花共芬芳

——《于希宁全集·书法卷·绪论》

于希宁先生是我国现代美术史上成就卓然的花鸟艺术大家，他笔下的花卉、蔬果、藤萝尤其是梅树、梅花，早已成为无可争辩的写意典范定格在了中国现代美术史上。纵观于希宁先生一生的艺术求索之路，与他所敬仰的黄宾虹、齐白石、潘天寿等前辈大师一样，其诗书画印的融会借鉴是十分显见的。他曾自治一方白文印“于希宁诗书画印相融”，常常钤于自己的合意之作上。此印语既可以看作于希宁先生的自我追求与自勉自励，也可以看作是老先生的悠然自信与夫子自道。然而，于老先生画名隆赫，其诗、书、印之艺术造诣却为其画所掩少为人知。此处，仅就于希宁先生的书法艺术略述一孔之见。

对于于希宁先生这一辈画家来说，书法的童子功是毋庸置疑的，自髫龄入塾起，写毛笔字就作为日课，甚至终生相伴，翰札、笔记、教案甚至资料搜集整理都不离毛笔。他不仅少年时期受过良好的私塾教育，童子功过硬，而且在1933年20岁时负笈南下考入上海新华艺专国画系，直接师从黄宾虹、潘天寿、俞剑华、诸闻韵、诸乐三等前辈大师。特别是1947年84岁高龄的黄宾虹先生在34岁的于希宁所绘《百梅图卷》上题句云："宋元士大夫纯以书法入画，平寿有道，深明篆刻，此帧得古籀遗意矣。"[①]这既是老师对学生求艺之道的期许鼓励，也是对其写意花卉艺术步入堂奥的要津点拨。其后，于希宁诗书画印全方位掘进，遵循宾虹老人教诲，在秦汉苍古厚重沉雄博大的风范里熏陶淬火，在书画印融会贯通的艺途中钻研探求，终成一代艺术大家。

从他留下的大量书法作品以及绘画题跋来看，他的习书理路当是胎息晋唐而又浸淫宋明，尤以对黄山谷文徵仲行书用力勤勉。用笔挺健圆润而锋颖裹束中实，结字自然洒脱又舒展放达。大字对联如"才德勤修养，三魂共一心""根固云气润，蛟出赖雾旋"，条幅如"寄怀巫岫""神州朗朗""画写物外形""梅林花影""苍穹皎月"等，既意态娴雅贯气如虹，又朴厚跌宕苍润相生。另如横幅巨制"东瀛吟草诗卷"与"自题梅花诗卷"，点画精到风流淹雅，既得"大珠小珠落玉盘"的奇妙意趣，又充盈着轻裘缓带杖藜行歌的文人书卷气息。条幅"江南江北""龙山岳石""东邻西舍""林下有奇石"等，则融会碑帖气接秦汉，得乃师宾虹老人书法之三昧，真可谓点画线条翳如金石，老笔纷披枯树著花。

或许有人会这样认为，画家如于希宁先生者，虽于书法印章勤勉用功，但毕竟不能算得专业书法家，充其量不过是"画家字"，于其本人来说犹如戏迷玩票，意思意思而已；于欣赏者来说，字以人贵未可当真。这种观点，其实是不了解书与画之间相互依存、相互陶冶的关系。一个大艺术家成熟的标志，除了独特的形式语言外，其作品所蕴含的无法复制的"气质"当更为重要。于希宁先生花鸟画给人以老、苍、厚、辣的金石之美，固然受其绘画师承及时代风气的影响，也离不开他对书法线质及审美内涵的深刻理解。他的书法学习之道，并不专意于一点一画一家一帖，而是转益多师融会贯通，且遵循“读万卷书行万里路” 的古训，饱览名山大川考察写生，摹拓碑铭石刻以及秦汉印玺，由此深入体悟和寻绎古人先贤点画结体的神秘消息。其足迹踏遍了江苏、山西、河南、甘肃，通过探寻麦积山、敦煌千佛洞、山西永乐宫、西安碑林古老寺宇、石窟艺术、汉墓壁画以及古代艺术之宫地下遗址，深切领悟到“线”作为中国画造型的基本手段在国画技法上的核心作用，并进一步认识到书法正是一种把握“点”与“线”的变化运用以至于绚烂魔幻神妙莫测的艺术。书法认识与成就的高低，对中国画的研习与创作至关重要，甚至关乎其生死存亡。于希宁先生书法基本不作章法结构上的错落开合，甚至少有轻重方圆的变化，但线条点画苍茫而松活，迟涩且自然，与其说是在写字，不如说是在单刀直入地写出经年累月方可提炼出的那一点“美”，此美，为书为画，皆并行不悖。懂得这一点，我们才能真正理解先生“诗书画印相融”的大美所在。正如他的另一位老师潘天寿先生所主张的那样，作为一个真正的艺术大家，未必一定诗书画印“四绝”，但一定要力求“四能”。于希宁先生正是这样做的，他认为，书法之功在于执笔用笔，印章之功在于架构经营，而诗词之功在于管领艺魂。他在某次答友人问时就这样说：“我非常重视诗歌的创作，我认为诗是人品修养的表达，诗意是画品的标志，诗与画是相辅相成的关系，可以相得益彰。画到了一定的层次后，就得提高诗文等方面的修养，它们互相渗透，互相融合。”[②]“我的诗常常是

于希宁 书法

绘画内容的补充，它可以为‘画龙点睛’开光，也可以开创作之思路。在这方面我从寻益到受益，从立意到创意，丰富心灵，迁想妙得，从突破前贤思路到突破自己思路，诗对我恩惠特多。”[3]另外，他早在学生时代就得到黄宾虹以及吴昌硕弟子、篆刻家诸乐三先生指导，摹刻秦玺汉印500余方，兼习瓦当、封泥、钟鼎款识、碑额刻石，又旁及邓石如、吴昌硕及西泠八家，至晚年仍能奏刀耕石，可见其功力之深厚。创作之余，他以其经年累月之功，还先后编辑撰写有《北魏石窟拓片选》《殷周青铜花纹演变初探》《于希宁手拓黄宾虹藏秦汉印失遗》等著述出版，其用功之勤，钻研之深，积累之厚，与此可见一斑。因为遵循了这些科学而智慧的方法，于老先生才得以完成乃师黄宾虹先生“纯以书法入画”“深明篆刻”“得古籀遗意”的殷切厚望，实践了自己“诗书画印相融”的艺术主张，开创了现代写意花鸟艺术的新境界。正如他的老友王朝闻先生所评——“于兄愈老艺境愈新，铁干娇花并陈，庄重活泼共举”④。启功先生则赋诗赞曰：“百草千花共斗妍，全由彩笔摄毫端。白阳潇洒南田秀，今见前修让后贤。”⑤

“诗书画印相融”这一古老而崭新的命题，与其说是画家自觉而明智的主动追求，不如说恰是于希宁那一代画家的良好素养，更不如说是中国数千年绘画艺术文人士夫传统的基本要义所在。人们常说“书画同源”，闻一多先生曾在一篇《书与画》的小文中这样分析：“实际上二者恐怕是异源同流。字与画只是亲近而已。因为相近，所以两方面都喜欢互相拉拢，起初是字拉拢画，后来是画拉拢字。字拉拢画，使字走上艺术的道路，而发展成为我们这独特的艺术——书法。画拉拢字，使画脱离了画的常规，而产生了我们这有独特作用的文人画。”⑥细细想来，这“拉拢”二字十分巧妙，非常恰当地揭示出了中国书法与绘画艺术融合发展的基本规律。于希宁先生自己也曾说：“我的绘画创作是沿着诗书画印相融的艺术道路走的，相互借鉴、相互融会、互为因果补充。”⑦这里“借鉴”“融会”“补充”正是“一个人”为完成“脱离画的常规”从而创作出“有独特作用的文人画”的“拉拢”。清末民初以来，西方美术教育体系融入我国现代教育进程并广泛普及，诗书画印乃至文史哲逐渐析分为不同的专业科类，无论是作为艺术总体还是作为个人修为，使得这“拉拢”二字在当下平添了几许艰涩几许无奈，也显现出几许迫切几许可贵。正如于希宁先生所说：“现在走这条路的人少了一些，但仍有一些人在默默地耕耘，这是值得赞赏的。”[8]作为毕生耕耘于美术教坛的教育家，此语既属于自己毕生求索的真知灼见，又饱含语重心长的殷殷情怀，看似平平淡淡，却无疑金针度人发人深思。

随着博大精深的传统文化全面复兴与繁荣，随着现当代书画艺术历史的推移与展开，我们相信，于希宁先生的诗、书、印艺术，与其精湛的绘画艺术一样，将逐渐得到越来越广泛的关注，获得越来越众多的赏者与知音。

【注释】 ①转引自《于希宁先生的花卉艺术》，孙美兰，《中国美术馆》2005年第3期。

②⑦⑧引自《抱朴守真 游于艺海——访于希宁先生》，《人民网》，记者张荣东。

③《于希宁诗草·自序》，北京，荣宝斋出版社，1996年12月第1版。

④《老干发新枝 年久香愈浓——〈于希宁画集〉首发式散论》，张家信，《齐鲁艺苑》2003年第04期。

⑤《一对性格迥异的密友——于希宁与启功交往逸事》，沈光伟，《老年教育（书画艺术）》2010年第11期第29页。

⑥郑一增编《民国书法精论》，西泠印社出版社，2011年3月第1版。

高人妙画说田公

——《田瑞花鸟画选集·序》

算起来，认识田瑞老师已经快三十年了。那是1988年，我刚从乐陵教育局调到德州市委党校（当时称地委党校）工作不久，一天田老师来党校办事，在办公室里我们随便聊天，聊的什么我已经记不清了，只记得田老师说话快言快语机智幽默。他走的时候骑一辆半旧不新的自行车，跨车的姿势很有意思，把车架稳，不遛腿，而是一条腿直接跨上去，蹬起就走。高高瘦瘦的个子，当时他虽然已年过四十五六岁，却是一副年轻人的派头，特帅，特时髦。当时在我眼里，真是潇洒极了。我来济南工作已经十七年了，很久没看见田老师骑车了，但我想，田老师的心态一定还那么年轻，骑车的姿势也一定还那么潇洒。

事过这么多年，我如今也早过了田老师当年的年龄了。为什么他这个骑车的姿势让我记忆犹新呢？想来可能还是田老师的身份、名气、地位等等有些很别致的反差之故吧。或者说，他这个姿势简直就是他为人为艺的极为典型的一个形象符号。他是画家、教授，在德州是大名人，总觉得应该有点口若悬河满腹经纶的名人派头才相称。可他偏不，无论是书画界，票友界乃至整个德州文化圈儿，不管老少，说到田老师，肯定是众口一词——那人特随和，没架子，人缘特好。还有一句，那人特会玩，玩得高雅有档次，玩得潇洒。

会玩，玩出情调和境界，自古以来就是文人们的理想。人生在世，为生计奔波，因性情劳累，所以先人感叹“人生事不如意者十常八九”，何以排解？会玩可也。玩儿，或俗玩儿，或清玩儿，或雅玩儿。而这雅俗之分绝不仅仅在于是否多识了几个字或多读了几本书，说到底是一种心态、心境。往大了说，透射出的是一种达观圆融的人生态度、人生价值观。苏东坡一生坎坷却玩兴清雅，成为历代文人效仿的榜样。苏子千年前羽化登仙了，究竟咋个玩法，我们无从体会，但田老师却是我所结识的师友中最具苏子遗风的一位，一点也不夸张。

先说他“玩”画。论画画儿，他是科班。十几岁就以优异成绩考入山东艺专，随关友声、于希宁等名师学画，毕业后正值十年“文革”，虽蜗居鲁西北一个小县城，但对传统书画艺术的迷恋痴心不改，青灯黄卷，勾描临摹，这样的苦中作乐，不知过了多少个日日夜夜。后来背着一摞摞画稿数次北上京津拜访李苦禅、孙奇峰等大师，大师们给了他许多鼓励、许多嘉许。“文革”结束，高考恢复，他由于业务精湛而被调入德州师专，渐近中年却又成了大学教国画的专业老师。再后来，画名鹊起，再后来市场经济了，名家的画作要卖钱了……我想，田老师在青年时期也一定是一个热血青年，也曾为了理想信念而苦苦地追求执着地奋斗过。但时运对他们这代人实在是太不公，让他们吃了很多苦。很多人后来的自我补偿方式，就是逢着好的时候了，不失时机地宣传炒作，追求名利。平心而论，只要适度，本也无可厚非。而田老师却相反，生活的历练，使他似乎把这一切都彻底看淡了，看透了。不论学生、朋友以及朋友的朋友，甚至萍水相逢刚刚结识，只要喜欢，向他开口，他都有求必应，他有句口头禅很流行："你不嫌难看，我不怕丢人。"这句话德州的朋友都熟悉。但时至今日，书画家的作品以尺计价了，也许不会再有那样不懂事的人如此这般向一位年过七旬的老人张口要了，但我想，田老师今天一定也还是这种心态。有人说他谦虚，说他低调，我都不以为然。依田老师的功底和眼界，在今天粗制滥造大行其道的书画江湖圈儿里，他当然知道自己笔下的东西价值几何。孙其峰这样评价他的画："田瑞同学作鹭柳图，用墨淡而不薄，用笔挥洒自如，故能自成格调"，"变化古人，自发心源"。孙其峰是大家，不至于瞎说乱评的。是不是田老师他不喜欢钱，不需要钱？当然更不是，他也拉家带口地过日子，他也要购置资料游历写生，那他为什么呢？他这样说："画画就是玩玩儿而已，自个儿哄着自个儿不哭罢了，人家高兴，咱也高兴，不也挺好的嘛。"答案竟是如此简单，仿佛是又仿佛不全是。玩玩儿而已——心态竟如此旷达。凭他绘画的造诣和资格能有这等心态，你能说他不是高人么？

再说他"玩"票儿。京剧与书画的确有很不一般的缘分，且不说梅尚程荀马潭奚杨都能书善画，张伯驹当年生日堂会要票一折《失空斩》，余叔岩来王平给他"挎刀"。就是多方面给田老师指教的李苦禅、关友声、孙其峰诸前辈，也是能粉墨登场的行家。这两种艺术都讲避实就虚，含蓄虚拟，都讲究韵味境界，两者都是中国传统文化的符号，甚至说正是中国传统文化的"舍利"也不为过。凡听过田老师唱

田瑞 画作

过几口儿的，都得佩服他唱得地道、有味儿，还得承认他不仅迷戏，还懂戏。连不少年轻的专业演员都经常和他讨论请教。人生谁没点烦心事儿，三五票友偶有小聚，皮黄丝弦一响，吊上两段儿，什么烦心事也烟消云散了。画家、教授、名人，却从来不摆什么名士派头，“我本是卧龙岗散淡的人”，听那悠扬的余味儿，谁能说得清他是唱诸葛孔明呢还是唱他自己呢……

最后说说他“玩”人生。有一次在电视里有采访启功先生的一个节目，主持人问他对人生的看法时，老爷子冲口而出——“我是游戏人生的啊”。主持人似乎很茫然，怕自己没听清楚又追问了一句，老爷子似也有点急——“就是游戏人生嘛”。主持人大概认为这么一位大师泰斗，无论如何该一脸沧桑地说点人生教诲之类的话才合乎他那身份。其实这没有什么不好的，老爷子不仅坦诚率真而且智慧幽默。本来嘛，先贤古训——依仁游艺。俗话说“人生如戏”。西人诗中有言——“本来都是梦里游，梦里开心梦里愁，梦里岁月梦里流”（赵元任译西人诗句）。林语堂也说——人生就是追求快乐。游戏也罢，玩儿也罢，当然有雅俗之分，而且这只是一种心态而已。田老师无论在工作、事业还是生活中，似乎很少刻意表现、追求什么，而是自然本真、随遇而安。这个“玩”人生的“玩”字当然没有丝毫不严肃的意思，而是一种游刃有余洒脱通达的态度与心胸。他有句口头禅——从来没因为工作耽误过玩儿。其实，了解他的人都知道，他教学生是很认真的，不然也不会有那么多学生毕业多年还如此崇拜他爱戴他。他是把别人看来伟大得不得了的工作啊事业啊人生啊都真正看明白了。就说教学吧，说得再玄，也无非就是教学生画画儿，就是教学生先“好玩”再“玩好”，如果天天喊高雅呀崇高呀伟大呀，吓也把学生吓住了，还能教学生画出画来吗？生活更是如此，金钱啊地位啊名气啊，刻意求之，既苦又累。庄子说：“鹪鹩巢于森林，不过一枝；鼹鼠饮河，不过满腹。”禅家有言——放下便是。“放下”就是轻松，就是自在，就是圆通和练达。看起来田老师整天乐乐呵呵的，其实了解他的人都知道大家有的苦恼他一样也不少，怎么办呢？放下便是。记得二十年前，我和田老师结伴西游，由陕入川，自西藏到青海，再赴新疆，整整一个月，可称得上是壮游。最难忘自拉萨乘坐大巴车连续行驶三十多小时，翻越唐古拉山口，抵达青海格尔木。山下烈日炎炎，山上大雪飘飞。想起来至今还那么令人激动和值得回味。想想那时田老师已近花甲之年了，还和我这个毛头小伙子兴致勃勃地玩了那么一大圈儿，他的“玩儿”兴可以吧？

随着时间的推移，有些事开始朦胧模糊，可有些事也依然清晰如昨。和田老师一起写字画画听戏赏戏的细节却总是忘不了。田老师是让我一想起来就感到很亲切的人，也是我由衷敬佩的一位老师，一位长者。

原稿写于2006年，《田瑞花鸟画选集》辽宁美术出版社2006年5月第1版。略有删改。

“成败”之外别一家

——我读李学明的人物画

新中国成立以来，中国画作为一种传统的艺术形式，在发展过程中历经诸多政治文化的洗礼与改造，终于成就为当下的状态。这种状态的一个突出特点就是题材的变幻——人物画所占比重日益突出，而山水花鸟则呈现出明显的边缘化倾向。在历届重量级别的展览中，这种倾向显而易见。若分析其中的原因，若表现当代生活主题人物画固然有其特殊的优势，比如抗震救灾、战胜非典以及各种历史场景等等，但山水花鸟随着当代人文精神的沦丧，作者仅仅凭借绘画技法和绘画热情挥写不止，导致这两种最具文人情味的题材日渐堕落为徒具皮相的空壳，已是预料之中。因此，我们看到许多论及中国画在当代的成就，每每集中在人物画这个画种上。其实在我看来，中国画之于当下，成在人物画败也在人物画。说“成”，一是说它的繁荣，不仅在各类展览中所占比重最大，所谓重大题材创作甚至是“人物”的一枝独秀，二是早已放弃毛笔实用书写习惯的各类专业画家在长期专业的素描速写西式教育训练中积累形成了非常过硬的人物绘画功夫，保证了人物画不同于过去旧面貌的新画风的“成功”率。但是问题也恰恰出在这里，像油画一样，“画照片”或

李学明《日出》

“速写素描毛笔化”成了今天中国画人物画的基本模式，无论工笔写意基本上都是如法炮制，造型，比例，构图，光影等等，都是陈老莲黄瘿瓢他们做梦都想不到的手段，面貌新是新了，但中国人物画的传统人文情怀笔墨韵味也堂而皇之地被一丝一丝抽空了。看看充斥各类展厅的西式方法东方纸笔勾线着墨填色的所谓“重大题材”作品，恐怕当年郎世宁看了也会自愧不如的。此亦所谓当下中国画之“败”。当然，栽什么树苗结什么果撒什么种子开什么花，中国绘画之“写画”改成“美术”之后，古老的中国画发生这种“转基因”变革不足为奇，况且，这里的所谓“成”与“败”犹如一枚硬币的两面，是相对而言的，赞者自当赞之，悲者亦自当悲之。

因此，在当下众多的人物画家中，能自觉跳出这个“成败”圈子保持清醒者无疑是令人扼腕称赏的，那些偏居一隅积几十年案头功夫默然前行者就更令人钦敬。在这类画家中，山东李学明先生不一定是最好的，但他的确是走得最坚实者之一。

其一，李学明始终坚守着人物画的“写”而不 “画”。“写”是中国画的基本品质，然而什么是“写”呢？写，充分利用毛笔的特殊性能，在中国特有的宣纸上中锋入纸起承转合，一笔一画，扎扎实实，凝神贯气，把内心深处的悲喜感触变成毛笔锋端的微妙颤动。他笔下经常出现的桌案、衣纹、柳枝、树干、水纹等等，都让人感觉到线条点画的饱满力度，生拙老到。古人主张“骨法用笔”，何也？只有用笔恪守“骨法”，画面才有厚重的格调。不“写”，何来“骨法”？相对而言，潇洒与飘逸固然重要，但或许作为一种补充和映衬才更有意义。古人反复强调“生则无莽气，拙则无作气”，正是此理。因此，笔沉墨实不仅仅是一种技法，更是一种心境，因为它与品质有关，而这种心境的获得既来自对古人经典的向往锤炼，也来自精神与灵魂日复一日的修持豢养。学明先生自谦地说自己写字不好，但我看到的是他近年的作品题跋十分讲究，而且点画日渐精到，特别喜用篆书作题，铺毫逆行，有一种迟涩朴厚的感觉，再加上他或许还不足够熟练所带来的憨笨朴重，别具意趣。李学明就是这样坚守着人物画的中国笔墨品质。但要知道，无论展览还是市场，这种坚守相比之下略显迂腐落寞，因为这样不符合当下美术“劳动密集型”和“技术密集型”的创作潮流。我所看重的是李学明在做出这样的选择时，他因此跳出了当下人物画创作的“成败”怪圈，获得了属于自己的那份自由与从容。

其二，李学明始终忠诚于生活给予自己内心的感受，拒绝应时应景而作。长期以来我就注意到李学明作品的题材一直比较“旧”，如童子、高士、仕女等等，是他作品的常见题材。这类题材在今天是颇有些“里外不讨好”的意味的。直接照搬古人，弄成“传统正脉”的模样，固然可以在市场画廊里以“雅俗共赏”占尽风骚，但极容易千篇一律处处撞车不见个性不说，起码与当下生活的审美情感离得过远，因而坠入伪古典的泥淖；画古代的“旧”题材，在技术层面去刻意求新，通过中西绘画技法的嫁接做东方式笔墨的时空穿越，制作所谓反映现实生活的“主题创作”，绚丽花哨的背面却往往难以掩盖情感的苍白。李学明的可贵之处是屏弃这种描画当下生活场景的外在绚烂，更不追求题材的“重大”与否，而是默默地走向自己的内心深处。画家卢禹舜说：“他的作品当中表现了很多他小时候生活当中的一种感受，对自然的那样一种理解和认识，生动活泼，对生活情趣把握得非常准确，对笔墨语言也掌握得非常准确。”并认为：“虽然他有很多题材画的是古人，画的是传统的内容，但实际上他确实有着一种当代人的理解，都烙有时代的这样一种精神印记在里边，他的画不突兀，题材是前人的题材，但是画得很新。”这个评价是很中肯的，比如“婴戏”这一题材，他曾默默地画了很多年，有人说李学明选择这个题材反

李学明《载得一船诗来》

复地写画是选择一个“冷门”，其实大谬，一个出色的艺术家内心世界一定是十分敏感的，但这种敏感优势有时表现为对现象的“掠奇”，有时则表现为事物的“痴情留恋”，两种表现表面看来无甚差别，其实反映了两种艺术心境，前者是发现，后者是内省，前者是观“物”，后者是观“我”。中国画的基本品格更体现为后者。王夫之有言：“含情而能达，会景而生心，体物而得神。”正是此理。“婴戏”这一题材，无论古今中外都很常见，但画家借助于它所反复写画的，却是一个个不同瞬间的自我感受。越是重复地写画，题材的表面意义越是淡化，笔墨的个人情感也就越是浓烈。潘公凯曾比较东西方文脉的异同，认为东方是以非常态的眼光看常态的生活，像米芾拜石那样，石头当然是“常态”的，“非常态”的是米芾的眼光，有了这个非常态的眼光就有了东方文化和东方艺术。这种“非常态眼光”是怎样修炼出来的呢，只能是一个人走向自己内心世界的深刻程度决定的。因此，所谓风格不是向外的“强求”而是向内的“参悟”。齐白石有句话说得非常好：“书画乃是寂寞之道，以其寂寞，故可以远乎尘世所染而常保持赤子之心，以其真性情入画。”道理并不难懂，问题是我们应该时常问问自己，咱有“真性情”吗？咱的这个“真性情”是什么？“真性情”既不在构图上，也不在色彩上，甚至不在笔墨里，而是在我们的心性里，在我们的血液中呵。正如石涛所言：“未曾受墨，先思其蒙；既而操笔，复审其养。思其蒙而审其养，自能开蒙而全古，自能尽变而无法。”

其三，李学明始终恪守着自己简约宁静的风格追求。陈传席教授认为：“学明画的构图很奇”，“既不同于照片式的也不同于传统的构图，给人很新的感觉”。陈教授所批评的“照片式构图”在当下十分流行，与其相比，学明作品的构图特点总是显得简约宁静而又异趣横生，这一点显然是受了齐白石的启发与影响。时下大多数的人物画作品一是构图满，二是情绪假。构图满属于“劳动密集型”，参加展览可以感动评委，在画廊市场里可以“卖相”好；情绪假或表现为题材的虚矫和虚浮，或表现为指笔墨的俗艳和轻飘。李学明的作品无论哪种题材都“惜墨如金”，在空间关系的处理上大量地留白，“白”和“空”的闲置使画面具备了宁静淡雅的基本品质。因此，他即使画“群童嬉戏”，也丝毫不会给人以热烈纷乱的视觉感受。简约与宁静，是中国画基本的传统品质，从范宽到马远倪瓒，从赵佶到八大虚谷，从吴道子到陈老莲黄瘿瓢，无不如此。羚羊挂角无迹可寻，不着一字尽得风流，这就是历代文人画家笔墨世界的精神追求和品格境界。然而，简约宁静之境又何尝轻易获得，弄得不好则极易堕入简单死板，李学明的高明之处正在这里，细看其笔下群童的可爱动作、高士的青白眼神，举手投足顾盼凝目之间，简单而不失巧妙，平静而饱含意趣。

李学明深居简出处世淡泊，在喧闹的都市一隅老农一样过着日出而作日落而息的日子，听琴礼佛读书作画，生活得充实而又闲适。我与学明先生交往虽不多，但偶有相聚晤谈，艺术观点却多有契合，其人品更是让我敬佩。所以每当看到他的作品，总是感到亲切。

李学明《南山听琴图》

《我在乎书法里边有意思的那点意思·自序》

在我看来，书法不是“物件”，不是“东西”，而是书法家的“心事”。点画迸溅，点画呻吟，点画计白当黑，无非书法家言说自己“心事”的具体方式。

几千年的书法史恰如一部书法家的心灵史，构筑了一道如此这般有意思的风景。因此，书法是很有意思的“事儿”。

走进书法，我在乎书法里边有意思的那点意思。

丙申惊蛰于见山见水楼

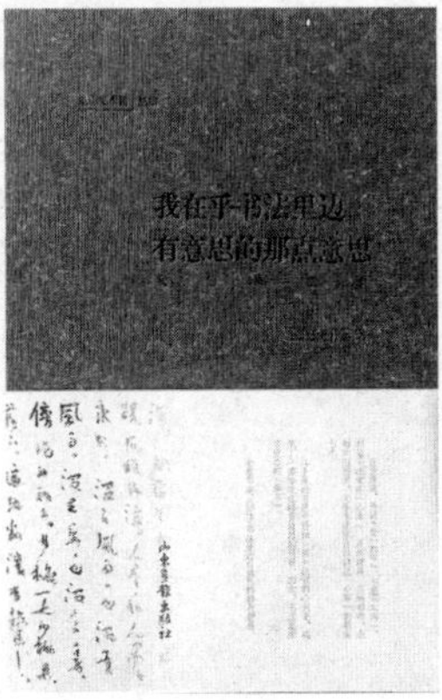

《书在哪，法是个啥·自序》

刚开始写字时，坚信书法就是技艺；后来，觉得书法既是技艺，也是学问；今天，我感到了问题的复杂。书法既是技艺，也是学问，但更根本的，似乎是其背后的文化与思想。书法的伟大与不朽，终究是文化与思想的支撑。因为，只有文化与思想的淹雅与深刻，才能豢养出笔墨格调境界的高妙与超拔。因此，我们不妨经常问一问：书在哪，法是个啥。

问谁呢，问自己。

2015 - 9 - 5 / 于见山见水楼

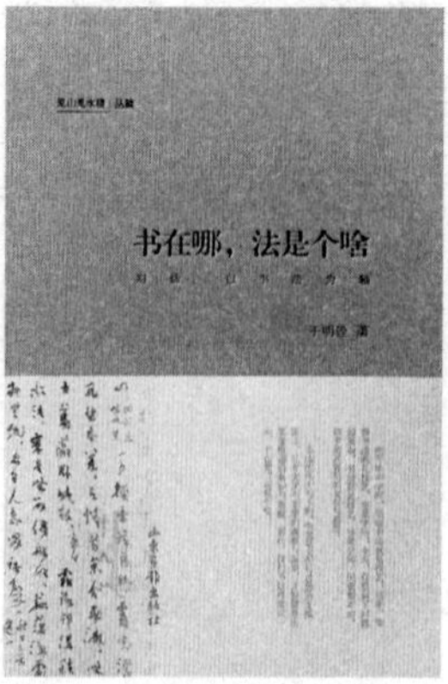

《闭上眼睛看·自序》

闭上眼睛，就能看到眼睛所看不到的更多的部分。书画艺术不仅仅在于眼睛所看到的部分，更在于眼睛所看不到的更多的那些部分。所以唐代的亚栖认为：“只可心悟，不可目及。”时下流行书画艺术是视觉艺术的说法，这仅仅是对书画艺术最外在、最表面的现象与特点的描述，是在林林总总的各种艺术形态之间给书画艺术的一个归属与分类。不是错，而是将其表面化、简单化了。正如相声是语言艺术而非听觉艺术一样，耳朵听到的是情节和故事，用心听到的才是艺术和味道。

闭上眼睛，打开心扉，一片澄明。

丙申小雪于见山见水楼

《单衣试酒·自序》

一片虚空。活着，就是不断拾起不断放下。环顾与自省，兀自的孤独。自己和自己说说话。

2015-4-1 / 愚人节于见山见水楼

“同行——于明诠教授研究生师生书法展·前言”

切磋砥砺，结缘同行。请指教。

2016-1-16/济南